江戸怪談を読む

牡丹灯籠《ぼたんどうろう》

横山泰子／門脇 大／今井秀和／斎藤 喬／広坂朋信 著

白澤社＊発行

お露の靈
お米の靈
萩原新三郎
栗橋無宿伴蔵

〈江戸怪談を読む〉牡丹灯籠＊目次

本扉・本扉裏・灯籠挿絵＝歌川國峯（『圓朝全集　巻の二』春陽堂、怪談牡丹燈籠口絵より）

第一章　美しき怪談・牡丹灯籠

横山泰子

中国の短篇怪異小説集『剪燈新話《せんとうしんわ》』の中の「牡丹灯記《ぼたんとうき》」は、近世日本の文学に多大な影響を与えた。日本の風俗や事情にあわせた翻案作品が作られ、長きにわたって愛好された。『剪燈新話』は日本だけではなく、東アジアのさまざまな地域に伝わっており、必然的に「牡丹灯記」も広範囲に伝播したはずだが、最もこの話を大切にしたのは日本であった(1)。その意味で、この怪談は、日本における異文化の摂取という大きな問題を内包した興味深い物語といえよう。

牡丹灯籠関連の物語は多くあるので、その群を「牡丹灯籠」としておこう。「牡丹灯籠」には、ストーリーの型がある。すなわち、男が「1　牡丹灯籠を提げた女」に誘われ、「2　女の亡霊と契り」、「3　護符で身を守るが、殺される」。これが中国の原話に依拠した基本型で、作家たちは細部を変えながら新しい作品を作ってきた。江戸末期に「牡丹灯籠」の決定版を作り上げたのが、三遊亭円朝《さんゆうていえんちょう》であった（詳細は第六章、第七章を参照いただきたい）。彼の『怪談牡丹燈籠』は、人間描写が的確で、後続の映画やテレビドラマ、マンガ等の原作となった。古典的名作としての誉れ高い『怪談牡丹灯籠』は、子どもや若者むけにも作られている。

本稿では、本書で紹介する物語と、筆者にとって興味深い作品を取り上げ、「牡丹灯籠」の型について解説する。用語の説明も加えたので、作品理解のガイドとして活用していただければ幸いである。

1　牡丹灯籠を提げた女

「牡丹灯籠」は題名にある通り、照明器具が重要な意味を持つ怪談である。しかし、そもそも牡丹灯籠とは何だろうか。もともと中国の原話では、元宵節《げんしょうせつ》（正月十五日の夜の灯籠祭）から物語が始まる。人々が灯籠見物に行くのにもかかわらず、妻を失った喬生《きょうせい》は門前にぼんやり立っていた。すると、一人の女が双頭の牡丹灯籠をかかげて歩き、その後から一人の美女が続くのであるが、これはかの地の風俗習慣による。

中国では古来、一月十五日を上元、七月十五日を中元、十月十五日を下元として星を祀り、遊楽に興じた(2)。元宵節は日本に伝わらなかったため、原話の情景描写は当時の日本人には理解しがたいものであった。「牡丹灯記」を紹介・翻訳した『奇異雑談集《きいぞうだんしゅう》』（貞享四年）は、「唐には正月十五日の夜。家々の門にともしびをあかし。種々いぎやうのとうろをはりて。門にかくるゆへに。男女諸人是をみて。暁にいたるまで。あそびありく事。日本の盆のごとくなり(3)」と、外国の風俗の解説をした後に物語を始めている。異形の灯籠を門にかけて、人々がこれを見て遊び歩く……日本の正月とはようすが違っていることを述べ「盆の如くなり」と説明している。有名な浅井《あさい》了意《りょうい》の『伽婢子《おとぎぼうこ》』では、時期を天文十七（一五四八）年七月、場所を日本に変えている。物語を日本に移し替えるのだから、「お盆」の頃の話とするのが望ましい（この話の詳細は第二章にゆずる）。

それでは、牡丹灯籠はどんな形をしているのだろう。中国の画像資料では、灯籠の底に牡丹の花がついているのに対し、日本のものは上に牡丹の花がついた灯籠に吹き流しがついた形になっている[4]。中国の挿絵を真似たとおぼしき『奇異雑談集』の挿絵では、灯籠に吹き流しはついていないが、一般的に日本の、日本を舞台とした作品では、花と吹き流し形式が用いられる。

花と吹き流し。これは、盆灯籠の一種「切子《きりこ》灯籠」からの連想ではないだろうか。『日本人百科全書』の説明を要約すると、切子灯籠とは「灯袋が立方体の各角を切り落とした形の吊り灯籠。灯袋の枠に白紙を張り、底の四辺から透模様や六字名号（南無阿弥陀仏）などを入れた幡を下げたもの。灯袋の四方の角にボタンやレンゲの造花をつけ、細長い白紙を数枚ずつ下げることもある」。江戸期の絵入百科事典『和漢三才図会』の切子灯籠の絵に

図1-1　『和漢三才図絵』の切子灯籠（左）。「岐里古」の字があてられている。

も、吹き流し状のものがついている（図1‐1）。盆の行事は地方や宗派によって違いがあるので、造花と紙を下げた灯籠が江戸期に一般的であったかどうかは定かではないが、「花にヒラヒラ」の灯籠は、日本人にとって妥当な牡丹灯籠の形であったのだろう。

　牡丹灯籠を提げて登場するのは、原話では二人組の女である。そのうちの一人麗卿《れいけい》は若くして死んだ寂しい女だ。中国文学の竹田晃は、「牡丹灯記」の麗卿の性格が日本の幽霊のそれと似ているのではないかという。喬生の手を握って棺桶の中に引き込む怖い女の霊は、『源氏物語』以来語り継がれてきた日本の幽霊の性格に似ていると竹田は述べる[5]。たしかに、執念深い女の幽霊の話は日本では古くからよく語られていたので、麗卿も日本人読者に受け入れられやすかったものと思われる。さらに、江戸時代は〈化ける女〉の時代で、女の霊の物語が仏教説話から大衆文芸に取り入れられ、当時の道徳的通念を背景に量産された時代であった[6]。そんな時代に、「牡丹灯記」は格好の素材とされたのである。

　もう一人の女――原話では金蓮《きんれん》という名で牡丹灯籠を提げて現れる――は、実は人形であった。人形が生きている男を死者のもとへ誘う物語の背景には、中国の淫祠《いんし》妖廟《ようびょう》信仰があったとされる。十五〜十七世紀にかけて浙江省一帯では民間巫覡の徒がはびこり、人形が妖異をなすという俗信は、現実の世に風俗壊乱の悪弊をもたらしていたらしい。高田衛は「牡丹灯記」はたんなる虚譚ではなく、当時実際に行なわれた湖心寺をめぐる一風説を小説化した可能性を指摘する[7]。

　不思議な人形は、日本では、『伽婢子』の書名として使われている（伽婢子とは布製の呪術的人形）ほか、京伝の『浮牡丹全伝《うきぼたんぜんでん》』でも現れる（図1‐2）。円朝の『怪談牡丹燈籠』では、女中のお米として活躍している。『怪談牡丹燈籠』の大筋を英訳した小泉八雲の友人は、「昔気質の、忠義一筋の、実に可愛い女中です——道理をわきまえていて、機転もきく——生きている間はもちろん死んでからも主人の側を離れないのですから[8]」とお米をほめたそうだ。

牡丹灯籠と二人の女（人形の場合あり）が基本であるが、女一人の例や、灯籠だけが描かれる例もある。なお、『諸国百物語』の「牡丹堂女、の執心の事」には、牡丹灯籠が出てこない。これは、「牡丹灯」が「牡丹堂」と誤解されたがゆえの話と思われる。それほど「牡丹灯記」は巷に流布していたこ

図 1-2　牡丹灯籠の下に座る少女（上図）は実は人形である（下図）
（山東京伝『浮牡丹全伝』の挿絵より）

とになろう。[9] 詳しくは、第四章をお読みいただきたい。

2　女の亡霊と男の契り

「牡丹灯籠」の人物設定は、話によって異なる。原話では、妻を亡くした男と若い美女の幽霊の組み合わせであったが、円朝の『怪談牡丹燈籠』の場合、生れつき美男の浪人萩原新三郎と器量よしのお露が主人公（第六章・第七章参照）。若くて独身の美男美女カップルは恋物語にふさわしく、視覚的効果も抜群である。絵になる男女の物語として数々の映画にうつされたが、中でも傑作とされるのは『牡丹燈籠』（山本薩夫監督、一九六八年、大映）である。新三郎（本郷功次郎）は旗本の三男坊と、お露（赤座美代子）は吉原の遊女と設定がかなり変わっているものの、「大人向けのエロティシズムとロマンティシズムを前面に出すため、ふたりの幽霊の描き方もあまり派手ではなく、リアリズム重視の特撮が使われている。それにもかかわらず、新三郎の身体に寄り添うように横たわるお露の白骨から、女の情念が伝わってくるラストは、さすがといえる」と、『日本特撮・幻想映画全集』は高く評価している。[10]

この映画を絶賛しているのは、作家・高橋克彦である。

切実にぼくは幽霊に憧れた。

こういう幽霊とぼくも恋をしてみたい。
お露を演じている赤座美代子さんは、ぼくにとって永遠のスターとなった。（中略）あの恥じらい。あの哀しさ。あの愛らしさ。（中略）彼女の演じた幽霊は『怪談』（監督・小林正樹）の新珠三千代さんの透明感をさらに上回る。比喩ではなく、本当に透けて見えそうな肌をしていた。日本の怪談映画は赤座美代子さんを得たことでよしとしたい(11)。

幽霊への憧れ！　たしかに俳優が魅力的なお露を演じてくれれば、観客は自分が新三郎になった気分で映画を楽しめる。作中の美女にいくら心を奪われたところで、絶対にとり殺される危険はないのが、映画のいいところである。

図 1-3　お露と新三郎（波津彬子『牡丹燈籠』（朝日新聞出版）より）

美男美女カップルの恋をロマンチックに描くことに長けたジャンルといえば、なんと言っても少女マンガである。泉鏡花の戯曲や岡本綺堂の長篇など、日本の怪奇幻想文学を次々とマンガ化した波津彬子は、『牡丹燈籠』にも挑戦し、時代を明治に置き換え、近代的なメロドラマに仕立てている（図1-3）。円朝の描写よりも、はるかに新三郎は美化されている。

女の亡霊と男が契りを結ぶという件は、基本的に「牡丹灯籠」の筋立てには必要である。怪奇とエロスが「牡丹灯籠」の根幹であることは第五章で論じられる。「牡丹灯籠」の中で、性描写を強調すれば成人向け映画にもなる（『性談牡丹燈籠』日活、一九七二年など）。男女の契りの件は、鑑賞者が大人であれば問題ないが、子どもにはいかがであろうか。

子どもむけの「牡丹灯籠」はあるのだろうか。そう思って探してみると、円朝の『怪談牡丹燈籠』は古典文学として位置づけられており、数々の子供向けの語り直しや翻案作品を見つけることができた。最も印象に残ったのは、昭和元年（一九二六）刊行の『家庭お伽噺』に収められた「牡丹燈籠」（村田天籟著、綱島島鮮堂書店）である。お露には萩原新三郎という親の決めた許嫁がいる。新三郎は武術修行に出ていて留守、お露は父の後妻による継子虐めに苦しめられる。乳母らとともに別荘暮らしをはじめたお露だったが、継母の放った悪者に襲われ、殺害される。一方、新三郎は四国の丸亀で剣術の師匠をしているうち病に倒れ、江戸を思いながら療養していると玄関に牡丹燈籠を提げた（お露と女中）が立っている。彼女たちは毎晩新三郎の介抱にやって来て、新三郎は回復するのだった。そして「こうして尽くして呉れるお露が、その霊であると知つた時の新三郎は、ああ、どんなに驚いたことでせうか」。

ここで物語は終わっている。この話のお露は何といい娘なのだろう。自分が死んでいるにもかかわらず、病気で苦しむ婚約者を江戸から丸亀まで訪ね看病してやるのに、相手からは何も求めない。子ども向けだから「亡霊との契り」なぞ書かれるわけもない。『家庭お伽噺』を読んだよい子たちが大きくなって、怨念にまみれた『怪談牡丹燈籠』に接した時には、さぞかしショックを受けたことだろう。

ちなみに、近年の子ども向け「牡丹灯籠」をまとめ読みしてみたところ、おおむね原作のストーリー展開に忠実で、かつ刺激的にならないよう処理してあった。

3　護符と男の死

男性がまじないの護符の力で死霊を退けるも、結局生命を落とすのは「牡丹灯籠」のお約束である。ただ、原話では護符によって助かった喬生が、その後フラフラと死霊に近づいてつかまり、死ぬのである。江戸時代の文芸には、「幽霊よけの護符がはがされ、登場人物が死ぬ話」が存在しており、延《のぶ》広真治《ひろしんじ》は二十以上の例を列挙している。(12) 江戸怪談によくある「お札はがし」譚を、円朝は「牡丹灯籠」に組み込んだのだ。新三郎の身を守るお札を、幽霊に頼まれた隣人伴蔵がはがす過程は、『怪談牡丹燈籠』ではよく知られている。伴蔵と幽霊とのやりとりからお札がはがされるまでのプロセスは、滑稽味もある。

先行作と比べた時、『怪談牡丹燈籠』の新しさはどこにあったのだろうか。延広によると、女の死霊が、怨みを晴らすために障害となる護符を第三者に依頼してはがし、復讐を遂げるのがお札はがし譚の典型とすると、『怪談牡丹燈籠』は異なる。男を恋焦がれるあまり、障害となる護符を第三者に依頼してはがして逢う。本来お札はがしにならないはずの作品をお札はがし譚にしたところに円朝の新しさがあった。また、円朝以前のパターンでは、お札をはがすのを依頼されるのは勇気ある人物であった。ところが『怪談牡丹燈籠』では欲に目のくらんだ人物（伴蔵）で、しかも大金を要求する。このような悪人像は、幕末の歌舞伎の流行を反映している。

『怪談牡丹燈籠』でお札がはがされた後、新三郎とお露はどうなったか。ここはかなり問題で、円朝は幽霊が新三郎に近づくまでを語ってはいるが、新三郎がどのような死を迎えたかは、語らないのである。新三郎の死は謎に包まれたままなのだ。そのため、円朝のテキストを原作とした後続作では、大抵の場合、新三郎の死のようすを加えている。歌舞伎の例（『名作歌舞伎全集第十七巻』所収台本）を見てみよう。

新三郎のそばにお露が出現して、声をかける。新三郎が気味悪がるのでお露は嘆く。お米に促されたお露は仲直りしようと蚊帳の内へ新三郎を誘う。ここで始めて、新三郎は肌身離さず持っていたお守り（海音如来の尊像）の異変に気づく。

新三　ヤ、大切の尊像が、偽ものと変わりおったか。
お露　エ、お情けない、新三郎さま。すりゃその尊像にて、私をお除けなさるゝ御心か。
お米　もうこの上は、お嬢さま、冥途へお連れ遊ばしませ。
新三　ア、、誰ぞ来てくれ、勇斎どの〳〵。
お米　エ、、声を立てれば、もうこれまで。

ト独吟上げの文句にて、大どろ〳〵を冠せ、新三郎、蚊帳の中より逃げ出そうとする。お露、お米、引き戻す。(13)

この台本では、逃げ腰の新三郎は、執念深いお露の幽霊から逃げ切れないことを暗示する。こうした幕切れに納得いかない作家たちは、新三郎に別の死を与えた。例えば、長田秀雄の戯曲『牡丹燈籠』では、優しすぎる新三郎が描かれる。

新三郎　たとえ生命を取られたて我身はさらに厭いはせぬ。是非今一度お露どのに会うて、――そうじゃ。このお札をはがして置こう。（新三郎大窓の表にはりたるお札をはがす）これでよい。（間）さりながら良石和尚や白翁堂がこの始末を知ったならば、折角の親切を無にした事ゆえ、さぞや我身の言い甲斐なさを憤るであろう。ああこれも心掛かりじゃなあ。(14)

何と新三郎はお露に会いたいあまり、自らお札をはがして待つ。しかも、自分を心配してくれる人々の好意を無にしては申し訳ないと悩みながら。新三郎自身による「お札はがし」は恋物語の理想だが、怪談としての怖さは失われている。

お露はどういう思いで新三郎に会ったのか。そして、新三郎はどんな死をむかえたのか。新三郎の死の描かれ方によって、幽霊の印象も、怪談の怖さも変わってくる。「牡丹灯籠」は多様な展開を見せるが、作品の個性は男の死の表現によく現れているので注目してほしい。

4　怪談における因果・因縁

円朝の怪談噺を理解するうえで、注目すべきは因果・因縁という用語である。『怪談牡丹燈籠』では、良石が新三郎とお露の間柄を「悪因縁」と言っている。お露の恋はあまりにも激しく、自分自身を死に追いやるばかりか、彼女に仕える女中お米はもちろんのこと、周囲を巻き込む。しかし、作中で因縁という言葉が使われるだけで、二人の因縁についてはよくわからない。

こうした箇所は現代人、特に若い世代にはなかなか理解しにくいだろう。若者向けに『怪談牡丹燈籠』を語り直した『ストーリーで楽しむ日本の古典　怪談牡丹灯籠』の著者・金原瑞人は、あとがきで

お露と新三郎のことで、良石和尚が「前世からの悪縁」とか「因縁」とかいっていますが、これは仏教からきている考えです。仏教では、命あるものはすべて、死んだら来世でなんらかの姿で生まれ変わると考えます。そして「因縁」というのは、前世から決まっている運命のことです。和尚は「あのふたりには昔からなにか因縁があって、それがからんでもつれて、こんなことになってしまった」といっています。おそらくお露と新三郎の間には、前世かそのまた前世でなに

か、不幸をもたらすようなことがあったのでしょう。(15)

と解説している。

思えば、『怪談牡丹燈籠』後の作品である『怪談阿三の森』(『円朝全集第十二巻』所収)も、因縁の物語であった。話が『怪談牡丹燈籠』によく似ているため、「名人円朝の作とは思われない」「円朝の弟子の作ではないか」と言われた作品だが、「牡丹灯籠」の系譜上にある作品であることはまちがいない。梗概を簡単に説明しておく。

亀戸の団子屋の看板娘であるお三は、侍の阿部新十郎と恋仲になる。新十郎はお三が実の妹と知って関係を絶ち、お三は焦がれ死ぬ。お盆の夜、お三は下駄の音を立てて新十郎を訪ねる。新十郎はお三と毎晩会うが、お三の姿は婆やには煙のように見えた。新十郎は菩提寺の住職から御札をもらい、お三の霊を退散させ、他の女性と結婚する。今度はお三は蛇と化し、二人を悩ます。蛇は「雀の森」に埋められ、お三がお産に通ずることから安産の神とされる。新十郎は妻を失い、剃髪してお三の菩提を弔う。

作中では住職が、お三と新十郎の関係を「因縁因果」と言っている。恋する男女の関係が実の兄妹となっており、『怪談牡丹燈籠』よりも、怖ろしい因縁話に変じている。

江戸怪談においては、登場人物のどうしようもない恋心が「因果」や「因縁」などの用語とともに語られることがある。堤邦彦は、当時の仏教教義の因果応報思想は江戸庶民の日常を支配する新たな因果観に変遷し、人々は自然に身の不幸を「因果な事」と嘆くようになっていたという。[16] 例えば、『東海道四谷怪談』のお梅は、道ならぬこととは知りながら妻子持ちの民谷伊右衛門に恋をし、何としてもあきらめられず、「因果なことに忘れかね」と言っていた。このように、因縁や因果は古い日本の怪談にはよく見られる言葉である。

5 因果・因縁を語らない綺堂

本書には、第六章で円朝の『怪談牡丹燈籠』の核となる箇所を紹介・解説する章をもうけるとともに、第三章では岡本綺堂が中国の原話を訳した「牡丹灯記」を収めた。綺堂は円朝の速記本『怪談牡丹灯籠』を読み、円朝の芸に直接接し、歌舞伎の舞台も鑑賞した。さらに作家として自ら中国の原話を訳したうえ、戯曲「牡丹燈記」も書いた人物である。「牡丹灯籠」マニアであった綺堂は円朝の芸について、速記本を読んでもあまり怖く感じなかったが、話術は凄かったと絶賛している。[17] そして、怪談劇を実作した経験から「怪談劇はトテモ難しい[18]」と述べた。なぜ難しいか、その理由として日本の怪談によくある因果の理を指摘する。

綺堂は「わが国在来の怪談はあまりに辻褄が合い過ぎる。たとえば甲が乙を殺したが為に、甲又は甲の眷属が乙の幽霊に悩まされると云ったような類で、勿論それには因果応報の理も示されているのであろうが、余りにその因果の関係が明瞭であるために、却って凄味を削減される憾みがある。しょせん怪談というものは理窟の判らないところに凄味もあり、興味もあるのではあるまいか」と述べている。綺堂に言わせれば、因果の関係でもって辻褄があうところが日本の怪談の欠点であった。それゆえ、彼は自作の戯曲「牡丹燈記」の中で、麗卿に「あなたとわたしとは前の世から因縁があるでもなく、この世で逢ったのもこの正月の上元の夜が初めてでございます(19)」と言わせ、二人の男女の間に前世からの因縁などないことを強調している。綺堂は円朝の芸は絶賛しても、因縁因果で長編怪談を語る作家としての円朝には、どこか批判的だったのではなかろうか。女が愛する男をとり殺す話の背景に、前世からの因縁がある方が怖いか、ない方が怖いか、読み較べるのも一興である。

これまで見たように、「牡丹灯籠」は江戸期には日本風に改作されて、和風の怪談として成長を遂げた。近代に入ってもさまざまなジャンルにおいて改作は作られ続け、さらには原点回帰とばかり中国風の作品までもが作られた。江戸時代から今日まで、「牡丹灯籠」は仏教思想とからめられ日本で愛好され続けてきたのだ。

他の有名な怪談と比較した場合、「牡丹灯籠」の特徴は「美しさ」ではなかろうか。『死霊解脱物語』や『四谷怪談』の場合、女性主人公は顔が醜い。また、『番町皿屋敷』のお菊は美女だが、いじめられてひどい姿になり、最終的には幽霊になる。彼女たちの物語は同情すべきだが、かわいそうすぎて苦痛だ。その点、「牡丹灯籠」の恋する女霊は美しく、憧れの対象にされることすらある。そこに「牡丹灯籠」の大きな魅力があるといえるだろう。

〈註〉

(1)染谷智幸『冒険　淫風　怪異　東アジア古典小説の世界』笠間書院、二〇一二年、一九五ページ

(2)寺尾善雄『中国文化伝来事典』河出書房新社、一九九九年、二二七ページ

(3)吉田幸一編『近世怪異小説』古典文庫、一九五五年、一二〇ページ

(4)本間直人・池間里代子「華麗なる牡丹文化　江戸の牡丹(1)『怪談牡丹灯籠』」『国際文化表現研究8』二〇一二年。この論文では、中国資料では、燈籠の底に花が付いているのに対し、日本では、燈籠を上下に分割し、下部を吹き流しにしていると指摘する。日本で牡丹燈籠が普及していなかったため独自の造形解釈がなされ、作画に工夫を凝らしたと述べている。

(5)竹田晃『中国の幽霊　怪異を語る伝統』東京大学出版会、一九八〇年、一三五ページ

(6)堤邦彦「女霊の江戸怪談史　仁義なき後妻打ちの登場」『幻想文学、近代の異界へ』青弓社、二〇〇六年、堤『女人蛇体』角川学芸出版、二〇〇六年

(7)高田衛「百物語と牡丹灯籠怪談」『叢書江戸文庫　百物語怪談集成』国書刊行会、一九八七年、月報。太刀川清『牡丹灯記の系譜』勉誠社、一九九八年、一二ページ。

(8)小泉八雲著・平川祐弘編『怪談・奇談』講談社学術文庫、一九九〇年、一三六～一三七ページ

(9)太刀川前掲書、四八ページ

(10)『日本特撮・幻想映画全集』朝日ソノラマ、二〇〇五年、一九八ページ

(11) 高橋克彦『幻想ホラー映画館』PHP文庫、一九九九年、九〇ページ
(12) 延広真治「動乱の時代の文化表現」『日本の時代史20 開国と動乱の文化表現』吉川弘文館、二〇〇四年
(13) 『名作歌舞伎全集 第17巻』東京創元社、一九七一年、七〇ページ
(14) 志村有弘編『怪奇・伝奇時代小説選集(9)怪談牡丹燈籠』春陽文庫、二〇〇〇年、一八七ページ
(15) 金原瑞人『ストーリーで楽しむ日本の古典 怪談牡丹灯籠』岩崎書店、二〇一四年、一八一ページ
(16) 堤邦彦「江戸怪談の思想と表現——因果・因縁を語るということ」『濫谷近世』十七、國學院人學近世文学会
(17) 岡本綺堂「随筆 高坐の牡丹灯籠」東雅夫編『岡本綺堂 妖術伝奇集』学研M文庫、二〇〇二年所収
(18) 岡本綺堂「随筆 怪談劇」『岡本綺堂 妖術伝奇集』所収
(19) 『怪奇・伝奇時代小説選集』二七五ページ

第二章　浅井了意「牡丹灯籠」

解説・現代語訳＝門脇　大

1　浅井了意「牡丹灯籠」

本章では、浅井了意《あさいりょうい》による翻案「牡丹灯籠《ぼたんのとうろう》」の原文と現代語訳をご紹介する。「牡丹灯籠」は、多くの妖しき物語を収載する『伽婢子《おとぎぼうこ》』の中の一篇である。『伽婢子』は、江戸時代初期の寛文六年（一六六六）に刊行された。牡丹灯籠の原形は、室町末期に中国から渡来して以来、さまざまな変容を繰り返しつつ、日本怪談史に大きな足跡を刻み続けている（第一章を参照）。浅井了意の「牡丹灯籠」は、その極初期に位置している。そして、なにより特筆大書すべきは、原話を改変して、日本版の牡丹灯籠として再生した点にある。数ある牡丹灯籠の中でも、記念碑的な作品といえるだろう。

『伽婢子』に収められた「牡丹灯籠」の本文は、岩波文庫『江戸怪談集〈中〉』（岩波書店、一九八九年）、東洋文庫四七五『伽婢子 1』（平凡社、一九八七年）、新日本古典文学大系七五『伽婢子』（岩波書店、

二〇〇一年）などによって読むことができる。

本書では、『江戸怪談集〈中〉』所収の本文をもとに、現代仮名遣いによるふりがなを適宜付した。

浅井了意『伽婢子』巻三の三
牡丹灯籠《ぼたんのとうろう》

年毎《としごと》の七月十五日より廿四日迄《まで》は、聖霊《しょうりょう》の棚を飾り、家々これを祭る。又いろいろの灯籠《とうろう》を作りて、或ひは祭りの棚に燈《とも》し、或ひは町家《まちや》の軒に燈し、又聖霊の塚に送りて石塔の前に燈す。其の灯籠の飾り物、或ひは花鳥、或ひは草木、様々しほらしく作りなして、其の中に燈し火ともして夜もすがら掛け置く。是を見る人道も去りあへず。又其の間に踊り子共の集り、声よき音頭《おんどう》に頌歌《しょうが》出ださせ、振りよく踊る事、都の町々上下皆斯《か》くの如し。

天文戊申《つちのえさる》の歳《とし》、五条京極に荻原新之丞《おぎわらしんのじょう》といふ者あり。近き比《ころ》妻に後《おく》れて愛執の涙袖に余り、恋慕の焔《ほのお》胸を焦がし、ひとり淋しき窓のもとに、在りし世の事を思ひ続くるに、いと悲しさ限りもなし。聖霊祭りの営みも、今年はとりわき、此の妻さへ無き名の数に入りける事よと、経読み回向《えこう》して、終《つい》に出でても遊ばず、友達の誘ひ来たれども、心ただ浮き立たず、門《かど》に佇《たたず》み立ちて浮かれ居《お》るより外はなし。

　いかなれば立ちも離れず面影の
　　身に添ひながら悲しかるらむ

と打ち眺め涙を押し拭ふ。

十五日の夜いたく更けて、遊び歩《あり》く人も稀になり、物音も静かなりけるに、一人の美人、その年廿《はたち》ばかりと見ゆるが、十四、五ばかりの女《め》の童《わらわ》に、美しき牡丹花《ぼたんか》の灯籠持たせ、さしも緩《ゆる》やかに打ち過ぐる。芙蓉《ふよう》の眥《まなじり》あざやかに、楊柳《ようりゅう》の姿嫋《たお》やかなり。桂の眉《まゆ》、緑の髪、云ふばかりなく艶《あて》やか也。荻原、月の下《もと》に是を見て、是はそも天津《あまつ》乙女《おとめ》の天降《あも》りて、人間《じんかん》に遊ぶにや、竜の宮の乙姫《おとひめ》のわだつ海《み》より出でて慰むにや、誠に人の種《たね》ならずと覚えて、魂飛び心浮かれ、自らをさへ留むる思ひ無く、愛《め》でまどひつつ後ろに随ひて行く。

　前《さき》になり後《あと》になりなまめきけるに、一町ばかり西の方《かた》にて、彼《か》の女後ろに顧て、少し笑ひて云ふやう、「自ら人に契りて待ち侘びたる身にも侍《はべ》らず。唯今宵《こよい》の月に憧《あこが》れ出でて、そぞろに夜更け方、帰る道だにすさまじや。送りて給《た》べかし」と云へば、荻原やをら進みて云ふやう、「君帰るさの道も遠

浅井了意『伽婢子』巻二の三「牡丹灯籠」

図 2-1　荻原と弥子の出会い。
少女が灯籠をもっている。

きには、夜深くして便無《びんの》う侍り。某《それがし》の住む所は塵塚高く積もりて、見苦しげなる茅屋《あばらや》なれど、便りにつけて明かし給はば、宿貸し参らせむ」と戯《たわぶ》るれば、女打ち笑みて、「窓漏る月を独り詠《なが》めて明くる侘しさを、嬉しくも宣《のたま》ふものかな。情けに弱るは人の心ぞかし」とて立ち戻りければ、荻原喜びて女と手を取り組みつつ家に帰り、酒取り出だし、女の童に酌《しやく》取らせ少し打ち飲み、傾く月にわりなき言《こと》の葉《は》を聞くにぞ、今日を限りの命ともがなと、兼ねての後ぞ思はるる。荻原、

　また後の契りまでやは新枕《にいまくら》
　　ただ今宵こそ限りなるらめ

と云ひければ、女とりあへず、

　ゆふなゆふな待つとし云はば来ざらめや
　　かこち顔なる兼ね言はなぞ

と返しすれば、荻原いよいよ嬉しくて、互ひに解くる下紐の結ぶ契りや新枕、交はす心も隔て無き、

睦言はまだ尽きなくに、はや明け方にぞなりにける。

荻原、「其の住み給ふ所は何処《いずく》ぞ、木の丸殿にはあらねど名告《なの》らせ給へ」と云ふ。女聞きて、「自らは藤氏《ふじうじ》の末二《に》階堂政行《かいどうまさゆき》の後也。其の比《ころ》は時めきし世も有りて家栄え侍りしに、時世移りて有るか無きかの風情にて、幽かに住み侍り。父は政宣《まさのぶ》、京都の乱れに打ち死にし、兄弟皆絶えて家衰へ、我が身独り、女の童と万寿寺の辺《ほと》りに住み侍り。名のるにつけては、恥づかしくも悲しくも侍る也」と、語りける言の葉優しく、物腰さやかに愛敬《あいぎょう》あり。

既に横雲たなびきて、月山の端《は》に傾き、燈し火白う幽かに残りければ、名残り尽きせず起き別れて帰りぬ。其れよりして日暮るれば来たり、明け方には帰り、夜毎に通ひ来る事更に約束を違へず。荻原は心惑ひてなにはの事も思ひ分けず、只此の女のわりなく思ひ交はして、契りは千世《ちよ》も変はらじと通ひ来る嬉しさに、昼といへども又異人《ことひと》に逢ふ事なし。斯くて廿日余りに及びたり。

隣りの家によく物に心得たる翁《おきな》の住みけるが、荻原が家にけしからず若き女の声して、夜毎に歌うたひ笑ひ遊ぶ事の怪しさよと思ひ、壁の隙間より覗きて見れば、一具《いちぐ》の白骨と荻原と灯《ともしび》の下《もと》に差し向かひて坐したり。荻原物云へば、彼の白骨手足動き髑髏《しゃれこうべ》うなづきて、口と覚しき所より、声響き出でて物語りす。翁大きに驚きて、夜の明くるを待ちかねて荻原を呼び寄せ、「此の程夜毎に客人有りと聞こゆ。誰れ人ぞ」と云ふに、更に隠して語らず。

翁の云ふやう、「荻原は必ず禍《わざわい》あるべし。何をか包むべき。今夜壁より覗き見ければかうかう侍り。


浅井了意『伽婢子』巻三の三「牡丹灯籠」

図2-2　弥子と語らう荻原をのぞく翁。弥子は骸骨の姿で描かれている。

凡そ人として命生きたる間は、陽分《ようぶん》至りて盛りに清く、死して幽霊となれば、陰気激しく邪《よこしま》に穢《けが》るる也。此の故に死すれば忌《いみ》深し。今汝は幽陰気の霊と同じく座して是を知らず。穢れて邪なる妖魅《ばけもの》と共に寝て悟《さと》らず。忽ちに真精の元気を耗《へら》し尽くして性分《せいぶん》を奪はれ、禍来たり病出で侍らば、薬石鍼灸《やくせきしんきゅう》の及ぶ所にあらず。伝尸《でんし》癆瘵《ろうさい》の悪症を受け、まだ萌《も》え出づる若草の年を、老い先長く待たずして、俄かに黄泉《よみじ》の客となり、苔の下に埋もれなん、諒《まこと》に悲しき事ならずや」といふに、荻原初めて驚き、恐ろしく思ふ心付《こころづ》きて有りの儘に語る。

翁聞きて、「万寿寺の辺りに住むと云はば、其処《そこ》に行きて尋ね見よ」と教ゆ。荻原それより五条を西へ、万里小路《までのこうじ》よりここかしこを尋ね、堤の上柳の林に行き廻《めぐ》り、人に問へども知れる方なし。日も暮れ方に万寿寺に入りて暫く休みつつ、浴室の後ろを北に行きて見れば、物古《ものふ》りたる魂屋《たまや》あり。

差し寄りて見れば棺の表に、二階堂左衛門尉政宣が息女弥子《いやこ》吟松院冷月禅定尼とあり。傍らに古き伽婢子《とぎぼうこ》あり、後ろに浅茅《あさじ》といふ名を書きたり。棺の前に牡丹花の灯籠の古きを懸けたり。

疑ひもなく是ぞと思ふに、身の毛よだちて恐ろしく、跡を見返らず、寺を走り出でて帰り、此の日《ひ》比愛《ごろめ》で惑《まど》ひける恋も醒め果てて、我が家も恐ろしく、暮るるを待ちかね明くるを恨みし心もいつしか忘れ、今夜もし来たらば如何《いかが》せんと、隣りの翁が家に行きて宿を借りて明かしけり。

さて如何すべきと愁へ歎く。翁教へけるは、「東寺の卿公《きようのきみ》は行学《ぎようがく》兼ね備へて、しかも験者の名あり。急ぎ行きて頼み参らせよ」と云ふ。荻原かしこに詣でて対面を遂げしに、卿公仰せけるやう、「汝は妖魅《ばけもの》の気に精血を耗散《ごうさん》し、神魂を昏惑《こんわく》せり。今十日を過ぎなば命は有るまじき也」と宣ふに、荻原有りの儘に語る。卿公則ち符を書きて与へ、門に押させらる。其れより女二度《ふたたび》来たらず。

図2-3　万寿寺で弥子の御魂屋を見つけ驚く萩原。牡丹の灯籠がかかっている。

五十日ばかりの後に、或る日荻原東寺に行きて、卿公に礼拝して酒に酔ひて帰る。流石《さすが》に女の面影恋しくや有りけん、万寿寺の門前近く立ち寄りて、内を見入れ侍りしに、女忽ちに前に顕《あら》はれ、甚だ恨みて云ふやう、「此の日《ひ》比《ごろ》契りし言の葉の、早くも偽りになり、薄き情けの色見えたり。初めは君が志、浅からざる故にこそ我が身を任せて、暮れに行き朝《あした》に帰り、いつまで草のいつ迄も、絶えせじと

浅井了意『伽婢子』巻三の三「牡丹灯籠」

図 2-4　万寿寺門前で弥子に引き込まれる萩原。供の男が逃げていく。

こそ契りけるを、卿公とかや、情けなき隔ての災ひして、君が心を余所《よそ》にせし事よ。今幸ひに逢ひ参らせしこそ嬉しけれ。此方《こなた》へ入り給へ」とて、荻原が手を取り、門より奥に連れて行く。召し連れたる荻原が男は、肝《きも》を消し恐れて逃げたり。

家に帰りて人々に告げければ、人皆驚き行きて見るに、荻原すでに女の墓に引き込まれ、白骨と打ち重なりて死してあり。寺僧たち大きに怪しみ思ひ、やがて鳥部《とりべ》山《やま》に墓を移す。其の後雨降り空曇る夜は、荻原と女と手を取り組み、女の童に牡丹花の灯籠ともさせ出でて歩《あり》く。是に行き逢ふ者は重く煩《わずら》ふとて、辺り近き人は怖れ侍りし。荻原が一族これを歎きて、一千部の法華経を読み、一日頓写の経を墓に納めて弔ひしかば、重ねて現はれ出でずと也。

2　浅井了意『伽婢子』巻三の三「牡丹灯籠」現代語訳

毎年、七月十五日から二十四日までの間は、聖霊《しょうりょう》の棚を飾って家ごとに祀るという盆の風習がある。また、さまざまな灯籠を作って火を灯《とも》し、供養することも習わしとなっている。ある家では祭の棚に、ある者は町屋の軒に、灯籠を飾って火をつける。また、灯籠を墓前に飾って火を灯す者もある。その灯籠の飾りは、花鳥や草木などさまざまに、かわいらしくこしらえて、灯火《ともしび》をつけて　晩中掛けておく。これを見る人は、その美しさに目を引かれて、そのまま通り過ぎることもできない。また、たくさんの灯籠の間に踊り子たちが集まって、心地よい音頭で謡われる仏を讃える歌にあわせて、見事に踊る。このようなことが、京の都の町々で貴賤の差別なく行なわれるのである。

天文十七年（一五四八）、五条京極に、荻原新之丞《おぎはらしんのじょう》という男がいた。最近、妻に先立たれて、愛執《あいしゅう》の涙がとどまることがなかった。亡き妻を想う恋慕の炎が胸を焦がし、独り寂しく窓辺に寄っては、妻と過ごした幸せだった日々に想いを馳せていた。その悲しさはとても言葉にすることなどできないものであった。「ああ、死者を弔う聖霊祭が行なわれている。今年は、私の妻もその死者の中に入ってしまったのだな……」と、経を読み上げて供養するばかりで、祭に加わることはなかった。友人が誘いに来ても、荻原の心は沈んだままであった。ただ門口にたたずんで、ぼんやりするばかりであった。

いかなれば　立《たち》もはなれず　おもかげの　身にそひながら　かなしかるらむ

（なぜこんなに悲しいのだろう。妻の面影は私から離れることなく、いつも寄り添っているというのに……）

と、和歌を口ずさんで、あふれる涙を拭った。

十五日の夜は深く沈み、遊び歩く人も少なくなって、物音もしなくなった頃のことである。二十歳ほどと見える一人の美しい女が、十四、五歳ほどの少女に美しい牡丹の花飾りが施された灯籠を持たせて、ゆるやかに通り過ぎた。芙蓉《ふよう》の花のような眼差しはきわだっていて、楊柳《ようりゅう》のごとき姿はしなやかで、艶《なま》めかしい美しさをたたえている。三日月のように美しく引かれた眉墨、艶《あで》やかな髪、女のようすは言葉にできないほど上品で、美しい。荻原は、月光の下でこの女を見て、「おお、これは……天女が舞い降りて、人の世に遊んでいるのか。それとも、竜宮の乙姫が海の彼方からやって来て、心を楽しませているのか。本当に美しい。いずれこの世の者ではあるまい」と嘆息した。荻原の魂はその身から抜け出し、心は浮かれて、自分の気持ちを押さえることができなくなってしまった。

荻原は、女の美しさに心を奪われて、その後について行った。女の前になり、後になり、なんとか女の気を引こうとした。そうして一町（約一〇九メートル）ほど西に歩いたところで、女は振り向いて、微笑んだ。「私には、特別に約束を取り交わした相手がいるわけではありません。ただ、今宵の月の美しさに魅せられて、ついふらふらと家を出たら、このように夜が更けてしまいました。こう暗くなってしまいますと、帰り道とはいっても、なんとも気味が悪くて困っています。送ってくださいませ」といった。そこで荻原は、そっと女の傍に寄って、「あなたの家まで遠かったら、夜が更けた今となっては、さぞお困りでしょう。私の家は、塵が高く積もったような見苦しいあばら屋ですけれど、それでもよろしければ、お泊めいたしましょう」と、冗談めかして誘った。すると、女は少し笑って、「ふふ。いつも独りきりで、窓から漏れる月の光を眺めていると、夜が明けてしまいます。そんな虚《むな》しい日々を過ごしていましたのに……。なんと嬉しいお言葉をかけてくださるのでしょう。人の心は、なんとも情けに弱いものですね」といって、荻原に寄り添った。荻原はよろこんで、女と手を組みあって家に帰った。家に着くと、酒を取り出して、女の召使いの少女に酌をさせて、少し飲んだ。沈もうとする月の下で、荻原は女の甘い囁きに耳を傾けるにつけて、「こうしてあなたと一緒にいられる今日限りで、私の命は尽きてしまえばいいのに……」と、ふと思うのであった。この言葉が、荻原の不吉な予兆になろうとは……。荻原は一首詠んだ。

また後の　ちぎりまでやは　にゐまくら　たゞこよひこそ　かぎりなるらめ

（これから後、再び結ばれることなどないだろう……今宵、あなたと初めて枕を交わすけれど、二人が一緒になるのはそれきりだろう）

このように詠んだところ、女は次のように返した。

ゆふな〳〵　まつとしいはゞ　こざらめや　かこちがほなる　かねことはなぞ

（待っているよ、とあなたが言ってくださったら、幾夜でも必ず逢いに来ますよ。それなのに、お歎きのようすで先のことをおっしゃるのはなぜかしら）

荻原は、この返歌を聞くとますます嬉しく思った。そして、男と女は結ばれた。二人の初めての夜は、たがいの心に隔てもなく、一つになった。しかし、睦言《むつごと》はまだ尽きないのに、早くも夜が明けようとしていた。荻原は、「あなたはどちらにお住まいですか。往還の人々に名乗りをさせたという木の丸殿ではないけれど、あなたのことを教えてください」といった。女は、「私は藤氏《ふじうじ》の末裔で、二階堂政行《まさゆき》の子孫です。かつては栄えた時もあって、家も豊かでございました。しかし、世が変わって、家は在るか無いかといったようすで……どうにか暮らしております。父の名は政宣《まさのぶ》と申しまして、応仁の乱で戦死し、兄弟は皆亡くなりました。家は衰えて、私は独りになってしまいました。今は召使いの少女と、万寿寺の近くに住んでおります。このように自分のことをお話するのは、恥ずかしく、また悲しいことでございます……」と語った。女の言葉は、きまりが悪そうではあったが、凜《りん》とした中にかわいらしさもあった。すでに雲は東の空にたなびいて、月は山の端に傾いていた。夜明けがやってきたのだ。灯火《ともしび》は、白くかすかに残っているばかりであった。名残は尽きないけれど、女は起き上がって、荻原と別れて帰って行った。

このことがあってから、女は日が暮れると荻原の元へやってきて、夜が明けると帰って行った。毎晩通って来るという、あの夜の約束を決して破らなかったのだ。荻原の心は、すっかりとろけてしまって、何もかもわからなくなってしまった。ただ、女が一途に想いを寄せて、「あなたとの契りは、千世《ちよ》も変わらないわ」と、通って来ることが嬉しくてたまらなかった。そして、荻原は昼であっても他の人に会わなかった。こうして、女との逢瀬は二十日余りに及んだ。

さて、荻原の隣の家には、物の道理をよくわきまえた翁が住んでいた。この翁が、「荻原の家では、不思議と若い女の声がする。毎晩、歌ったり笑い声をあげたりして遊んでいる。なんとも不審なことよ」と思って、壁の隙間から覗いてみた。すると、一揃いの白骨と荻原とが、灯火《ともしび》の下で向き合って座っているではないか。荻原がしゃべると、その骸骨の手足は動いて、髑髏《しゃれこうべ》はうなずき、口とおぼしき所から声が響き出て話をしていた。翁は、腰が抜けるほど驚いた。夜が明けるのを待ちかねて、荻原を呼び寄せた。翁は、「近頃、夜ごとに客人があると聞く。それは、誰だ」と尋ねた。荻原は、隠して何事も語らない。そこで翁は、「荻原よ、あなたには必ず禍《わざわい》があるぞ。もはや何を包み隠そう。今夜壁から覗いてみたら、こうこうであったぞ。そもそも、人間として命が生きている間は、陽の気がとても盛んで清らかなものだ。しかし、ひとたび死んで幽霊となれば、陰の気が激しくなって、邪悪に穢《けが》れてしまう。このために、人が死ぬと身辺から遠ざけて、忌避するのだ。今あなたは、幽陰の気の霊と一緒にいるのに、わかっていない。穢れて邪悪な妖魅《ばけもの》と枕を並べても、このことに気づいていないのだ。このままでは、すぐに精気を消耗し尽くして、生命力を奪われてしまう。そして、恐ろしい禍が降りかかって、病が発症したら投薬や鍼灸《しんきゅう》などのどんな治療も無駄だ。胸の病を患って、まだ若いあなたが先の長い人生を歩むこともなく、すぐに黄泉路の客となって、苔の下に埋もれるだろう。まことに悲しいことではないか……」と説き伏せた。

この話を聞いた荻原は、はじめて驚き、女への恐怖心が芽生えてきた。そして、女とのできごとをありのままに語った。翁は荻原の話を聞いて、「万寿寺の近くに住むというのであれば、そこに行って尋ねてみなさい」と教えた。荻原は、それから五条通りを西へ、万里小路《までのこうじ》からあちこち尋ねまわった。堤の上、柳の林をめぐり歩いて、その辺りの人に尋ねてみても、女のことを知っている者は誰一人いなかった。刻限は、黄昏時《たそがれどき》となっていた。荻原は、万寿寺に入って少し休みつつ、浴室の後を北に向かって行った。すると、古びた魂屋《たまや》があった。近寄って見てみると、棺の表に「二階堂左衛門尉政宣が息女弥子《いやこ》吟松院冷月禅定尼《ぎんせうゐんれいげつぜんでうに》」と記されていた。そして、そのすぐ傍に古い伽婢子《とぎぼうこ》があった。その伽婢子の背には、「浅茅《あさぢ》」という名が書かれていた。また、棺の前には、牡丹の花飾りの古い灯籠が掛けてあった。これらを目にした荻原は、「あの幽霊たちは、間違いなくこれだ」と思った。この瞬間、身体中の毛という毛が逆立つほどの恐怖が、荻原を襲った。荻原は、後を振り返りもせずに寺を飛び出し、走り帰った。ここ数日の狂おしい恋心も醒め果てて、女がやって来る我が家も怖ろしくなった。あれほどまでに日が暮れるのを待ちかねて、夜が明けるのを恨んだ心も、いつしか消え失せていた。荻原は、「今夜、もし女がやって来たら、どうしようか……」と、怖ろしくてたまらなかった。この日は、隣の翁の家に泊めてもらって、夜を明かした。

荻原は、「どうしたらよかろう……」と、愁《うれ》い歎くばかりであった。そこで翁は、「東寺《とうじ》の卿公《きようのきみ》という人は、修行も学問も兼ね備えた立派な人物だ。その上、加持祈祷を用いて妖魔を払うという験者でもある。急いで行って、お頼みしなさい」と教えた。そこで、荻原は、東寺に行って卿公と対面した。卿公は、「あなたは、妖魅《ばけもの》の気によって精血を消耗してしまい、魂が惑乱してしまっている。あと十日を過ぎたら、命はないであろう」と仰った。荻原は、これまでのことをありのままに語った。そこで、卿公は護符を書いて荻原に与え、家の門に貼らせた。それからは、女は二度とやって来なかった……。

五十日ほど過ぎたある日、荻原は東寺に行って卿公に礼拝して、酒に酔って帰宅した。やはり、女の面影が恋しかったのであろう。万寿寺の門前の近くに立ち寄って、境内を見入っていた。すると、あの女がたちまち荻原の眼前に現れた。女は、深く恨みを含んだようすで、「この数日前から約束した言葉の数々は、早くも嘘偽りとなって、あなたの薄情さが見えました。はじめは、あなたの想いが浅くなかったからこそ、私は身をまかせたのです。そして、日が暮れてはあなたのお家に行って、夜明けには帰りました。二人の縁《えにし》は、いつまでもいつまでも途絶えることがない、と堅く契りを結びましたのに……。それなのに、卿公とかいう者が、非情にも二人の仲を隔てる邪魔をして、あなたの心を他所《よそ》に向けてしまいました。けれど、今、幸いにも私に逢いに来てくださったことは、なんと嬉しいことでしょう。さあ、こちらにお入りになってください」と誘った。女は、荻原の手を取って、

図 2-5　五条通から万里小路（現・柳馬場通）を望む
荻原は五条通からこの道に入り万寿寺をめざした。万寿寺は天正年間に現在地（京都市東山区）に移転してここにはないが、町名や通りの名前に残っている。（撮影 = 編集部）

門から奥に連れて行った。荻原の召使いの男は、このようすを目にすると肝を消して、怖れて逃げてしまった。男が家に帰って人々に告げると、人々は皆驚いて万寿寺に駆けつけた。見ると、荻原はすでに女の墓に引き込まれており、白骨とぴったり重なって息絶えていた……。寺の僧侶達は、とても不吉なことだと思って、間を置かずに鳥辺山に女の墓を移した。

その後の話である。雨が降り、空が雲に覆われる夜には、荻原と女とがたがいの手を絡ませて、少女に牡丹花の灯籠に火を灯させて出歩くようになった。この一行に行き逢う者は、重い病に罹るといって、近在の人々はたいそう恐れた。荻原の親族は、このことを歎いて、千部の法華経を読誦して、一日頓写の経文を墓に納めて弔った。それから後は、二度と現れなかったという。

※付記　本文には、新日本古典文学大系七五『伽婢子』（岩波書店、二〇〇一年）を用いて、注を参照した。また、江本裕訳『伽婢子』（教育社、一九八〇年）、堤邦彦『現代語で読む「江戸怪談」傑作選』（祥伝社、二〇〇八年）を参照した。

本稿は、科学研究費補助金「十八・十九世紀を中心とした怪異文芸と学問・思想・宗教との総合的研究」（研究課題番号17K13386）による成果の一部である。

第三章「牡丹灯籠」の原話「牡丹灯記」

浅井了意の翻案した「牡丹灯籠《ぼたんのとうろう》」の原話「牡丹灯記《ぼたんとうき》」は、中国・明代の文人、瞿佑《くゆう》（一三四一－一四二七）の編んだ奇談集『剪燈新話《せんとうしんわ》』の一篇である。

原文はもちろん古い中国語、いわゆる漢文である。江戸時代の文人なら漢文は苦もなく読み解けたろうが、現代人に漢文のハードルは高い。そこで、すぐれた現代語訳をご紹介する。『牡丹灯記』の翻訳は多数あるが、本書でご紹介するのは、小説家・劇作家でもあった岡本綺堂《おかもときどう》が『中国怪奇小説集』のために訳したもの。直訳ではなく綺堂が意訳した箇所もあるが、原文の趣旨を汲み、物語として自然に読める文章であることから岡本訳を選んだ。なお、綺堂が省略した後半の一場面（＊以下）は、田中貢太郎訳『日本怪談大全第二巻』国書刊行会）で示す。（編集部）

牡丹灯記

（岡本綺堂『中国怪奇小説集』より）

元《げん》の末には天下大いに乱れて、一時は群雄割拠の時代を現じましたが、そのうちで方谷孫《ほうこくそん》（原文では方谷珍）というのは浙東《せっとう》の地方を占領していました。そうして、毎年正月十五日から五日のあいだは、明州府の城内に元宵《げんしょう》の灯籠をかけつらねて、諸人に見物を許すことにしていたので、その宵々《よいよい》の賑わいはひと通りでありませんでした。

元の至正《しせい》二十年の正月のことでございます。鎮明嶺《ちんめいれい》の下《もと》に住んでいる喬生《きょうせい》という男は、年がまだ若いのに先頃その妻をうしなって、男やもめの心さびしく、この元宵の夜にも灯籠見物に出る気もなく、わが家の門《かど》にたたずんで、むなしく往来の人びとを見送っているばかりでした。十五日の夜も三更《さんこう》（午後十一時—午前一時）を過ぎて、往来の人影も次第に稀になった頃、髪を両輪《りょうわ》に結んだ召仕い風の小女が双頭の牡丹灯をかかげて先に立ち、ひとりの女を案内して来ました。女は年のころ十七、八で、翠《あお》い袖、紅《あか》い裙《もすそ》の衣《きもの》を着て、いかにもしなやかな姿で西をさして徐《しず》かに行き過ぎました。

喬生は月のひかりで窺うと、女はまことに国色《こくしょく》ともいうべき美人であるので、我にもあらず浮かれ出して、そのあとを追ってゆくと、女もやがてそれを覚《さと》ったらしく、振り返ってはほえみました。

「別にお約束をしたわけでもないのに、ここでお目にかかるとは……。何かのご縁でございましょうね」

それをしおに、喬生は走り寄って丁寧に敬礼しました。

「わたくしの住居はすぐそこです。ちょっとお立ち寄り下さいますまいか」

女は別に拒《こば》む色もなく、かの小女をよび返して、喬生の家《うち》へ戻って来ました。初対面ながら甚だ打ち解けて、女は自分の身の上を明かしました。

「わたくしの姓は符《ふ》、字《あざな》は麗卿《れいけい》、名は淑芳《しゅくほう》と申しました。かつて奉化《ほうか》州の判《はん》を勤めて居りました者の娘でございますが、父は先年この世を去りまして、家も次第に衰え、ほかに兄弟もなく、親戚《みより》もすくないので、この金蓮《きんれん》とただふたりで月湖《げつこ》の西に仮住居をいたして居ります」

今夜は泊まってゆけと勧めると、女はそれをも拒まないで、遂にその一夜を喬生の家に明かすことになりました。それらの事は委《くわ》しく申し上げません。原文には「甚だ歓愛を極《きわ》む」と書いてございます。夜のあける頃、女はいったん別れて去りましたが、日が暮れるとまた来ました。金蓮《きんれん》という召仕いの小女がいつも牡丹燈をかかげて案内して来るのでございます。

こういうことが半月ほども続くうちに、喬生のとなりに住む老人が少しく疑いを起しまして、境いの壁に小さい穴をあけてそっと覗いてみると、紅《べに》や白粉《おしろい》を塗った一つの骸骨が喬生と並んで、ともしびの下《もと》に睦まじそうにささやいているのです。それをみて老人はびっくりして、翌朝すぐに喬生を詮議すると、喬生も最初は堅く秘して言わなかったのですが、老人に嚇《おど》されてさすがに薄気味悪くなったと見えて、いっさいの秘密を残らず白状に及びました。

「それでは念のために調べて見なさい」と、老人は注意しました。「あの女たちが月湖の西に住んでいるというならば、そこへ行ってみれば正体がわかるだろう」

なるほどそうだと思って、喬生は早速に月湖の西へたずねて行って、長い堤《どて》の上、高い橋のあたりを隈なく探し歩きましたが、それらしい住み家は見当りません。土地の者にも訊き、往来の人にも尋ねましたが、誰も知らないという。そのうちに日も暮れかかって来たので、そこにある湖心寺《こしんじ》という古寺にはいって暫く休むことにしました。そうして、東の廊下をあるき、さらに西の廊下をさまよっていると、その西廊のはずれに薄暗い室《へや》があって、そこに一つの旅櫬《りょしん》が置いてありました。旅櫬というのは、旅先で死んだ人を棺に蔵《おさ》めたままで、どこかの寺中にあずけて置いて、ある時機を待って故郷へ持ち帰って、初めて本当の葬式をするのでございます。したがって、この旅櫬に就いては昔からいろいろの怪談が伝えられています。

喬生は何ごころなくその旅櫬をみると、その上に白い紙が貼ってあって「故奉《もとのほうか》化符州《ふしゅう》判女《はんのじょ》、麗卿之柩《れいけいのひつぎ》」としるし、その柩の前には見おぼえのある双頭の牡丹灯をかけ、又その灯下には人形の侍女《こしもと》が立っていて、人形の背中には金蓮の二字が書いてありました。それを見ると、喬生は俄かにぞっとして、あわててそこを逃げ出して、あとをも見ずに我が家へ帰って来ましたが、今夜もまた来るかと思うと、とても落ちついてはいられないので、その夜は隣りの老人の家へ泊めてもらって、顫《ふる》えながらに一夜をあかしました。

「ただ怖れていても仕方がない」と、老人はまた教えました。「玄妙観《げんみょうかん》の魏法師《ぎほうし》は故《もと》の開府の王《おう》真人《しんじん》のお弟子で、おまじないでは当今第一ということであるから、お前も早く行って頼むがよかろう」

その明くる朝、喬生はすぐに玄妙観へたずねてゆくと、法師はその顔をひと目みて驚いた様子でした。

「おまえの顔には妖気が満ちている。一体ここへ何しに来たのだ」

喬生はその坐下に拝して、かの牡丹燈の一条を訴えると、法師は二枚の朱《あか》いお符《ふだ》をくれて、その一枚は門《かど》に貼れ、他の一枚は寝台に貼れ。そうして、今後ふたたび湖心寺のあたりへ近寄るなと言い聞かせました。

家へ帰って、その通りにお符を貼って置くと、果たしてその後は牡丹燈のかげも見えなくなりました。それからひと月あまりの後、喬生は衮繡橋《こんしゅうきょう》のほとりに住む友達の家をたずねて、そこで酒を飲んで帰る途中、酔ったまぎれに魏法師の戒めを忘れて、湖心寺のまえを通りかかると、寺の門前にはかの金蓮が立っていました。

「お嬢さまが久しく待っておいでになります。あなたもずいぶん薄情なかたでございますね」

否応《いやおう》いわさずに彼を寺中へ引き入れて、西廊の薄暗い一室へ連れ込むと、そこには麗卿が待ち受けていて、これも男の無情を責めました。

「あなたとわたくしは素《もと》からの知合いというのではなく、途中でふと行き逢ったばかりですが、あなたの厚い心に感じて、遂にわたくしの身を許して、毎晩かかさずに通いつめ、出来るかぎりの真実を竭《つく》して居りましたのに、あなたは怪しい偽道士《えせどうし》のいうことを真《ま》に受けて、にわかにわたくしを疑って、これぎりに縁を切ろうとなさるとは、余りに薄情なされかたで、わたくしは深くあなたを怨んで居ります。こうして再びお目にかかったからは、あなたをこのままに帰すことはなりません」

女は男の手を握って、柩《ひつぎ》の前へゆくかと思うと、柩の蓋《ふた》はおのずと開いて、二人のすがたはたちまち隠れました。蓋は元のとおりに閉じられて、喬生は柩のなかで死んでしまったのです。

となりの老人は喬生の帰らないのを怪しんで、遠近《おちこち》をたずね廻った末に、もしやと思って湖心寺へ来てみると、見おぼえのある喬生の着物の裾がかの柩の外に少しくあらわれているので、いよいよ驚いてその次第を寺の僧に訴え、早速にかの柩をあけてあらためると、喬生は女の亡骸《なきがら》と折り重なって死んでいました。女の顔はさながら生けるが如くに見えるのです。寺の僧は嘆息して言いました。

「これは奉化州判の符という人の娘です。十七歳のときに死んだので、仮りにその遺骸をここに預けたままで、一家は北の方へ赴きましたが、その後なんのたよりもありません。それが十二年後のこんにちに至って、そんな不思議を見せようとは、まことに思いも寄らないことでした」

なにしろそのままにしては置かれないというので、男と女の死骸を蔵《おさ》めたままで、その柩を寺の西門の外に埋めました。ところが、その後にまた一つの怪異が生じたのでございます。

陰《くも》った日や暗い夜に、かの喬生と麗卿とが手をひかれ、一人の小女が牡丹燈をかかげて先に立ってゆくのをしばしば見ることがありまして、それに出逢ったものは重い病気にかかって、悪寒《さむけ》がする、熱が出るという始末。かれらの墓にむかって法事を営み、肉と酒とを供えて祭ればよし、さもなければ命を亡《うしな》うことにもなるので、土地の人びとは大いに懼《おそ》れ、争ってかの玄妙観へかけつけて、なんとかそれを取り鎮めてくれるように嘆願すると、魏法師は言いました。

「わたしのまじないは未然に防ぐにとどまる。もうこうなっては、わたしの力の及ぶ限りでない。聞くところによると、四明山《しめいざん》の頂上に鉄冠道人《てっかんどうじん》という人があって、鬼神を鎮める法術を能《よ》くするというから、それを尋ねて頼んでみるがよかろうと思う」

そこで、大勢は誘いあわせて四明山へ登ることになりました。藤葛《ふじかずら》を攀《よ》じ、渓《たに》を越えて、ようやく絶頂まで辿りつくと、果たしてそこに一つの草庵があって、道人は几《つくえ》に倚り、童子は鶴にたわむれていました。大勢は庵の前に拝して、その願意を申し述べると、道人はかしらをふって、わたしは山林の隠士で、翌《あす》をも知れない老人である。そんな怪異を鎮めるような奇術を知ろう筈はない。おまえ方は何かの聞き違えで、わたしを買いかぶっているのであろうと言って、堅く断わりました。いや、聞き違えではない、玄妙観の魏法師の指図であると答えると、道人はさてはとうなずきました。

「わたしはもう六十年も山を下ったことがないのに、あいつが飛んだおしゃべりをしたので、又うき世へ引き出されるのか」

彼は童子を連れて下山して来ましたが、老人に似合わぬ足の軽さで、直ちに湖心寺の西門外にゆき着いて、そこに方丈《ほうじょう》の壇をむすび、何かのお符を書いてそれを焚《や》くと、たちまちに符の使い五、六人、いずれも身のたけ一丈余にして、黄巾《こうきん》をいただき、金甲《きんこう》を着け、彫り物のある戈《ほこ》をたずさえ、壇の下に突っ立って師の命令を待っていると、道人はおごそかに言い渡しました。

「この頃ここらに妖邪の祟りがあるのを、おまえ達も知らぬことはあるまい。早くここへ駆り出して来い」

かれらは承わって立ち去りましたが、やがて喬生と麗卿と金蓮の三人に手《て》枷《かせ》首枷《くびかせ》をかけて引っ立てて来て、さらに道人の指図にしたがい、鞭《むち》や笞《しもと》でさんざんに打ちつづけたので、三人は惣身に血をながして苦しみ叫びました。

その呵責《かしゃく》が終った後に、道人は三人に筆と紙とをあたえて、服罪の口供《こうきょう》を書かせ、さらに大きな筆をとってみずからその判決文を書きました。

その文章は長いので、ここに略しますが（＊）、要するにかれら三人は世を惑わし、民を誣《し》い、条にたがい、法を犯した罪によって、かの牡丹燈を焚き捨てて、かれらを九泉の獄屋へ送るというのでありました。

急々如律令《きゅうきゅうにょりつりょう》（悪魔払いの呪文）、もう寸刻の容赦はありません。この判決をうけた三人は、今さら嘆き悲しみながら、進まぬ足を追い立てられて、泣く泣くも地獄へ送られて行きました。それを見送って、道人はすぐに山へ帰ってしまいました。

あくる日、大勢がその礼を述べるために再び登山すると、ただ草庵が残っているばかりで、道人の姿はもう見えませんでした。さらに玄妙観をたずねて、そのゆくえを問いただそうとすると、魏法師はいつか唖になって、口をきくことが出来なくなっていました。

〔＊以下略された文章（田中貢太郎訳）〕

「その方どもは、何故《なにゆえ》に人民を悩ますのじゃ」

道人は先《ま》ず喬生からその罪を白状さして、それをいちいち書き留めさした。その邪鬼の口供《こうきょう》の概略をあげてみると

喬生は、

伏して念《おも》う、某《それがし》、室《しつ》を喪《うしな》って鰥居《かんきょ》し、門に倚《よ》って独り立ち、色に在るの戒《かい》を犯し、多欲の求《きゅう》を動かし、孫生《そんせい》が両頭の蛇を見て決断せるに倣《なら》うこと能《あた》わず、乃《すなわ》ち鄭子《ていし》が九尾《きゅうび》の狐《きつね》に逢《あ》いて愛《あい》憐《れん》するが如《ごと》くなるを致す。事既に追うなし。悔《く》ゆるとも将《は》た奚《なん》ぞ及ばん。

符女は、

伏して念う、某、青年にして世を棄《す》て、白昼隣《となり》なし、六魄《ろっぱく》離ると雖《いえど》も、一霊未《いま》だ泯《ほろ》びず、燃《えん》前月下《ぜんげつか》、五百年歓喜の寃家《えんか》に逢《あ》い、世上民間、千万人《ばんにん》風流の話本《わほん》をなす。迷いて返るを知らず、罪安《いずく》んぞ逃るべき。

金蓮は、

伏して念う、某、殺青《さっせい》を骨となし、染素《せんそ》を胎《たい》と成し墳壟《ふんろう》に埋蔵せらる、是《こ》れ誰《たれ》か俑《よう》を作って用うる。面目機発、人に比するに体《たい》を具えて微《び》なり。既に名字《めいじ》の称ありて、精霊《しょうりょう》の異に乏《とぼ》しかるべけんや。因《よ》って計を得たり。豈敢《あにあえ》て妖をなさんや。

武士はその供書《きょうしょ》を道人の前にさしだした。道人はこれを見て判決をくだした。

蓋《けだ》し聞く、大禹《だいう》鼎《かなえ》を鋳《い》て、神姦鬼《しんかんき》秘《ひ》、其《その》形を逃るるを得るなく、温嶠《おんきょうさい》犀を燃《ねん》して、水府《すいふ》竜《りゅう》宮《ぐう》、倶《とも》に其《その》状を現すを得たりと。惟《こ》れ幽明の異趣、乃《すなわ》ち詭《き》怪《かい》の多《た》端《たん》、之《これ》に遇《あ》えば人に利あらず。之に遇えば物に害あり。故《ゆえ》に大厲《だいれい》門に入りて晋景殁《しんけいぼっ》し、妖豕《ようし》野《の》に啼《な》いて斉襄《せいじょう》殂《そ》す。禍《か》を降《くだ》し妖《よう》をなし、災《さい》を興《おこ》し薛《せつ》をなす。是《これ》を以《もっ》て九天邪《きゅうてんじゃ》を斬《き》るの使《つかい》を設《もう》け、十地《ち》悪を罰するの司《し》を列《つら》ね、魑魅魍魎《ちみもうりょう》をして以て其奸《そのかん》を容《い》るる無く、夜叉羅刹《やしゃらせつ》をして其暴《そのぼう》を肆《ほしいまま》にするを得ざらしむ。矧《いわ》んや此《こ》の清平《せいへい》の世坦蕩《たんとう》のときにおいてをや。而《しか》るに形躯《けいく》を変幻《へんげん》し、草《そう》に依附《いふ》し、天陰《てんくも》り雨湿《うるお》うの夜《よ》、月落ち参《しん》横たわるの晨《あした》、梁《うつばり》に嘯《うそぶ》いて声あり。其の室《しつ》を窺《うかが》えども睹《み》ることなし。蝿営狗苟《ようえいくこう》、羊狠狼貪《ようこんろうたん》、疾《はや》きこと飄風《ひょうぷう》の如く、烈《はげ》しきこと猛火の如し。喬家《きょうか》の子《こ》生きて猶《な》お悟らず、死すとも何ぞ恤《うれ》えん。符氏《ふし》の女《じょ》死して猶貪婬《なおたんいん》なり、生ける時知るべし。況《いわ》んや金蓮の怪誕《たん》なる、明器《めいき》を仮りて以て矯誣《きょうぶ》し、世を惑《まど》わし民《たみ》を誣《し》い、条に違《たが》い法を犯す。狐綏綏《きつねすいすい》として蕩《とう》たることあり。鶉奔奔《うずらほんぽん》として良なし、悪貫已《あくかんすで》に盈《み》つ。罪名宥《ゆる》さず。陥人《かんじん》の坑《こう》、今より填《み》ち満ち、迷魂の陣、此《こ》れより打開す。双明《そうめい》の燈《ともしび》を焼毀《しょうき》し、九幽の獄に押赴《おうふ》す。

第四章　百物語の牡丹灯籠

広坂朋信

1　灯籠の出てこない物語

超訳「牡丹堂女の執心の事」

百物語怪談と牡丹灯籠の縁は深い。「牡丹灯記」の江戸時代の翻案のスタンダード「牡丹灯籠《ぼたんのとうろう》」がおさめられた『伽婢子《おとぎぼうこ》』の最後の話「恠《かい》を語れば恠至る」には、百物語怪談会の作法が書かれており、同書によってひろく知られることになった。その上、「恠を語れば恠至る」は「此物語、百条に満ずして、筆をこゝにとどむ」としめくくられているから、『伽婢子』自体を百物語怪談集の一つとみなすこともできる。

その後の百物語怪談集では「牡丹灯籠」のモチーフがさまざまに変形されながら繰り返し語られた。例えば、『諸国新百物語』（元禄五年、『御伽比丘尼』貞享四年の改題）の「水で洗煩悩の垢」、『太平百物語』

（享保十七年）の「小吉が亡妻毎夜来たりし事」などがあげられる。おもしろいことに「百物語」と銘打った怪談集の牡丹灯籠類話には、この物語のシンボルともいえる牡丹の花のかざりをつけた灯籠が出てこない。この傾向は、抄訳的翻案の体裁をとった『諸国百物語』（延宝五年）の「牡丹堂女の執心の事」で早くもみられる。そこではなんと灯籠がお堂になっていた。お堂を持ち歩くことはできないので、当然ながら冒頭のストーリーが変更されている。

どうしてこんな超訳がなされたのか。『牡丹灯記の系譜』で太刀川清氏は、『諸国百物語』の筆者は「牡丹灯記」を文字で読んだのではなく、口承で、つまり耳で聞いていたので「牡丹灯籠《ぼたんどうろう》」を「牡丹《ぼたん》堂《どう》」と聞き間違えたのだろうとしている。

本章では『諸国百物語』の超訳「牡丹堂女の執心の事」と、あまり取り上げられない『好色百物語』（元禄十四年）より「をんなの幽霊男のもとへ通事」を紹介する。

江戸時代の恋愛事件簿

元禄十四年刊の『好色百物語』は、その題のとおり色恋沙汰にまつわる奇談集で、内容は幽霊や妖怪の登場するいわゆる怪談ばかりではない。江戸中橋伝馬町の菓子屋の娃が歌舞伎役者に一目ぼれして想像妊娠した話（「小女野郎を恋慕の事」）から始まって、週刊誌のゴシップ記事のような話の多いことが特徴である。『好色百物語』における「牡丹灯籠」のバリエーション「をんなの幽霊男のもとへ通事」の収められている巻四も、病気退職した男が女になって子どもを生んでいた奇談から始まり、水戸藩士某の娘の駆け落ち、養女を妻にしたスキャンダル、大阪・生國魂神社での兄嫁と義弟の心中というように色恋がらみのゴシップが続く。そして、江戸京橋で浮気をしていた男女の体が離れなくなって隣近所にばれて赤っ恥をかくという艶笑譚の次に、ようやく怪談らしい「をんなの幽霊男のもとへ通事」が掲載されている。

この『好色百物語』版牡丹灯籠にも牡丹の花のかざりをつけた灯籠は出てこない。作中に牡丹灯籠が出てこない物語なのに、どうしてそれを牡丹灯籠の類話とみなすのか。本書掲載の『伽婢子』の「牡丹灯籠」、『剪燈新話』の「牡丹灯記」、『諸国百物語』の「牡丹堂女の執心の事」と読み比べてみるとストーリーの中心部分が似ている。すなわち、妻または恋人に先立たれた男の家に、毎夜、女が通ってくる。不審に思った隣人が男の家のようすをうかがうと、女は実は死霊であった。女が死霊であることを隣人から知らされた男は、宗教者から死霊除けのお札をもらって身を守ろうとする。ここまではどの話もほぼ共通している。

その結末は、「牡丹灯記」やその翻案である「牡丹灯籠」、「牡丹堂女の執心の事」はもちろん幕末の落語『怪談牡丹灯籠』まで、ついには男が死霊にとり殺されるのだが、『好色百物語』の「をんなの幽霊男のもとへ通事」では男は祈祷によって救われている。先にあげた「水で洗煩悩の垢」(『諸国新百物語』)や「小吉が亡妻毎夜来たりし事」(『太平百物語』)も僧侶によって男が助けられる結末である。とはいえ『諸国新百物語』や『太平百物語』では、死霊は亡き妻その人であることになっている。これらに比べると、亡き恋人とよく似た面ざしに魅かれて死霊と深い仲になる『好色百物語』の方が、

「牡丹灯記」や「牡丹灯籠」により近いとも言えるだろう。

＊参考文献　太刀川清『牡丹灯記の系譜』勉誠出版

2　「牡丹堂女の執心の事」――『諸国百物語』より

唐土《もろこし》に牡丹堂《ぼたんどう》と云ふ所あり。人死すればはこに入れ、そのはこのまわりに牡丹の花を描き、かの堂に持ち行きて、重ね置くと也。

ある人、妻におくれ、悲しびのあまりに、夜な夜なかの牡丹堂へ行き、夜念仏を申す事、日すでに久し。ある夜、若き女、首に鉦《かね》をかけ、念仏を申し、牡丹堂へ来たりければ、かの男、不思議におもひ、「女の身として、なにとて此の所に来たり給ふぞ」と問ふ。かの女、云ふやう、「我が身、夫に離れ候ふ故、かくの如く」と語る。さぞあらんとて、涙を流し、それより連れ立ち、あなたこなたの墓所を、念仏申し歩く事、毎夜なりしが、いつの程か、互ひに浅からぬ契りをなし、のちには男の宿へも来たり、夜とともに酒盛などして遊びけるを、隣の人、ふと覗き見ければ、女の髑《しゃれ》髏《こうべ》と差し向ひ、酒盛して居たり。

隣の人、ふしんに思ひ、夜明けて、かの男にかくと語りけれ。男も驚き、その日の暮るるを待ちければ、かの女、また来たるを見れば、まことに髑髏也。それより物すごくなり、三年引きこもり、物忌みして居けるが、三年過ぎて、気晴らしにとて、小鳥を落しに出でけるが、雀を一匹追ふて行くほどに、この雀、牡丹堂の内へ逃げいりぬ。かの男、この堂の内まで追ひ行くとみえしが、ほどなく見えず。下人ども、不思議におもひ、棺どもの重ねてあるを見れば、血の付きたる棺あり。この棺の内を見ければ、女の髑髏、かの男の首をくわへて居たりけると也。

かの女の執心、三年過ぎたれども、つひに男を取けると也。

牡丹堂、女の執心の事（大意）

中国に牡丹堂というところがある。人が死ぬと棺に入れ、その棺のまわりに牡丹の花を描き、その堂に持って行って重ねて置くという。

ある人が、妻に先立たれ、悲しみのあまり、夜ごとに牡丹堂に出かけ、夜念仏をしていた。ある夜、若い女が首に鉦をかけて念仏をするために牡丹堂にやってきた。男は不思議に思い「女の身で、どうしてこんなところにいらっしゃるのですか?」と尋ねた。彼女は「夫に死別したので、このように」と語る。さぞやお悲しみだろうと涙を流し、それよりは二人で連れ立って、あちらこちらの墓所を訪ねて念仏を称えて歩くことが毎晩となった。こうしているうちに、いつしか男女の仲になって、やがて女は男の家にも来るようになった。夜、二人が酒盛などしているところを、隣の住人がふとのぞき見ると、女の骸骨と差し向かいになって酒盛をしているのだった。

隣の住人は不審に思い、翌朝、男に、自分の見たことを語り聞かせた。男も驚き、その日の暮れるのを待った。日が暮れて、彼女は、またやってきた。見るとその姿はまさに骸骨であった。それから恐ろしさのあまり、三年間引きこもり、精進潔斎して死霊を避けて暮らした。三年が過ぎて、気晴らしに、小鳥を採りに出かけた。一羽の雀を追いかけていくと、この雀が牡丹堂の中に逃げ込んだ。男が堂の中まで雀を追っていくと、男の姿が見えなくなった。ついてきた家来たちが不思議に思い、堂内の棺の重ねてあるのをあらためると、血のついた棺があった。この棺を開けてみると、女の髑髏が男の首をくわえていたとのことであった。

彼女の執念は、三年の歳月をかけたけれども、ついに男をとり殺したのであった。

3 「をんなの幽霊男のもとへ通事」――『好色百物語』より

一 なすのわたり[*1]に とんたやといひしさかや侍し。その人 いとあてやかなるむすめ持しか そのあたりに勘左衛門といへる美男侍し。かれこれ見えつみえられつ 恋しのひしかと むなしくたかひに月日

＊1 **なすのわたり** 現在の大阪府枚方市茄子作町のあたりか、栃木県の那須地方か、あ

をすこし侍しに。をんなのをや　みとりのはやしのかけくらき。[*2] しちもつ[*3]をとりにしつミかろからす。男女のこりなく磔《はつけ》の刑罰《けいばつ》にあふ。おとこもせめて今世のなこりに。かのむすめのさいご見とゝけんとしたひゆき　めと目を見かハしけるに　をんななみたくミし　男もしのひのなミたにせきあへす　しほるたもとを皃にあてゝ泣《なき》けり　さてしもすへきわさなけれハ。それより日々にあたり　遠《とを》からぬ所にくわんをんの御堂ありしに参りて　をんなの渡世《とせ》ほたひ[*4]を祈て　下向[*5]にちや屋かほにたち入しに。すきにし女に露たかハさる人　それもそこにしりうちかけて侍し。扨もやは　よに似たる人もあるものかなと。うつゝこゝろになりて　さるにてもいつくよりまいり給へるにかと。とひよりしに　そのそこに侍るめり　ミつからかをやハ日かけの人[*6]にて侍る。あはれ身をたつるよにあわせてしかなと。おもひわつらひ　大慈《たいじ》大悲《たいひ》のをんかごをたのミ奉りて　まふて侍るなりと。しミ〳〵とかたり侍しかハ。男もはや秋の田のほに出そめしおもひくさ。引手[*7]になひくこともやといひよりしかハ。さそふ水あらはゆかんとこそ思ひつらめ。さのミハいなミもやらてくれなハ　まかてなんと。ちきりて別《わかれ》侍し。

るいは岐阜県の茄子川流域か。不詳。

*2 **みとりのはやしのかけくらき**　緑の林の陰暗き、「緑林」は盗賊を指す。

*3 **しちもつ**　質物。室町時代、富裕な酒屋は高利貸しを兼ねていることもあった。「しちもつをとりにしつミ」とは質の横流しのことか。不詳。

*4 **渡世ほたい**　「頓証菩提」の当て字か。渡世はここでは世渡りのことではなく、彼岸に往くこと、往生、成仏。

*5 **下向**　寺社参詣の帰り。

*6 **日かけの人**　日陰者、罪人を暗示する。

*7 **引手**　誘う人。

まことしからすハおもひなから　もしやとそらたのめしてまちけるに。いひしにたかハす来りしか。いとゝはしめこそあれ　をんなもよことにくる程に。ひよくのかたらひあさからす。ひるハ入相*8のかねをまちわひてなけき　夜ハ鳥の音をうらみかたらひけ。かゝる所に　ちかきあたりに住《すミ》けるやまふし*9の有しか　月待*10にまふて帰るさに。かのをんな礫はしらをおりて往を　いといたういふかしくおもひなから。あとに付てしたひ行に　勘左衛門か宿に立入しかハ。あやしくおもひ　しはらく　やすらひ壁に耳をよせ侍りしに。をんなのこゑしてものいふめり。いかさまにもゆへあらんかし　たゝことにはあらしと。おもひ

　またの日尋ねゆき　おとこにあひてすきにしよ。かゝるをんなのおはしけるにや　ととひ侍し　あるし皃《かお》うちあかめ　こハおもひよらすのことやと　殊のほかにあらかいしかハ　いやとよつゝみ給ふな。それにつきいふかしきこと侍るめり。すきにしよ　はつけば*11をとをり侍しに　をんな木よりをりてゆくをあやしやと　あとに付てまかりしに。まさしく此いへに入しとき　男のこゑして　いかておそく来れるといひしを聞侍しほとに　これをしらせまいらせんために来りたり　と申

*8 **入相**　日没。

*9 **やまふし**　山伏、修験者。

*10 **月待**　月見。3日、13日、17日、23日、27日の夜に催された。

*11 **はつけば**　はりつけ場、処刑場。見せしめのために、しばらく死体をさらしものにしてあったのだろう。

せは。おとこ手をうつてさてハさることあるにやとて　はしめよりの事をありのまゝにかたりしかハ。山伏ふた[*12]をかきて　これをねところのしたにしくへし。きたるともとまらて帰りなん　といふ　その夜をんな来りしか気色あしく見えて　こよひハとまるましとて帰りける。またの日　山伏来りて祈祷をして　家の四方に札をはり　山伏おとこをいさなひ礫を見にまかりしに。をんなのすかたはかりハ　はしめに少もかハらさりしを　山伏こゝろしつかにゐんをむすひ。もん[*13]をとなへしかハたちまちへんして　そのゝちハまたもきたらし　となん　いとふしきなることにハあらすや

（『好色百物語』より）

*12 **ふた**　護符、魔除の札のこと。

*13 **もん**　呪文、密教の真言などを用いる。

をんなの幽霊男のもとへ通事（大意）

一　なすのあたりに富田屋という酒屋があった。富田屋には実に優美な娘がおり、近所には勘左衛門という美男がいた。互いに恋慕の情を持ちながらも言い出しかねて、むなしく月日を過ごしていた。そうしていたところ、富田屋は不正をはたらいたという罪で、一家全員、礫の刑に処せられた。勘左

衛門は、せめて今生の名残りに、かの娘の最期を見届けようと、刑場に行き、目と目を見かわすと、女は涙ぐみ、男も忍び泣きをこらえることができず袖で顔を覆って泣いた。どうしようもないので、それからは毎日、刑場近くの観音堂にお参りして、女の往生を祈っていた。

参詣の帰り道に茶屋に立ち寄ると、死んだ女にそっくりの女が腰かけていた。それにしてもよく似た人がいるものだと夢心地になって、「どこからいらっしゃったのか」と声をかけた。「このあたりの者でございます。私の親は日陰者で、なんとかして立身できるようにと、思い煩い、観音菩薩のお慈悲におすがりしようと、お参りしているのでございます」

と、しみじみと語った。

男は誘えばなびくのではないかと思って言い寄ると、女も誘われればついてゆこうと思っていたのだろう、それほど拒みもせずに、日が暮れたらお宅にまいりましょうと約束して別れた。空約束とは思いながら、もしかしてと根拠もなく期待して待っていると、言葉にたがわず女はやってきた。その上、初めこそそうでもなかったが、女も夜ごとに来るほどに、男女の仲も深くなり、昼は夕方の鐘を待ちわびて、夜は夜明けの鶏の声のするまで語らった。

こうしていたところ、近所に住む修験者が、月待ちの行事から帰る途中、刑場を通りかかると、処刑された女（の遺体）が磔柱から下りて歩き出した。いったいこれは何事かと思ってあとをつけて行くと、女は勘左衛門の家に入っていった。なんとも怪しいことなので、しばらくそこにとどまり、壁に耳をあてていると、女の声で話をしている。どういうことなんだよ、ただごとではないぞ、と思い、翌日、勘左衛門の家を訪ねて「昨夜、女の客がお見えであったろう」と問いただした。勘左衛門は顔を赤らめ、思いもよらないことですと強く否定した。

「いやいや、お隠しなさるな。どうにも気になることがある。昨夜、磔の刑場を通ったら、女が磔柱から下りてゆくので、怪しいこともあるものだとあとをつけてきたら、まさしくこの家に入った。そうすると、男の声で『今夜は遅かったね』とか言っているのを聞いたので、このことをお知らせしようと来たのです」

男はハタと手を打って、さてはそういうことだったのかと、初めからありのままに語った。修験者は護符を書いて、これを寝床の下に敷くべし、そうすれば女は来ても泊まらずに帰るだろうという。その夜、女が来たが、気分が悪いと見えて「今夜は泊りません」と言って帰った。次の日、修験者が来て祈祷をして、家の四方にお札を貼り、勘左衛門を連れて磔の刑場に見に行くと、女の姿は生きているときと少しも変わらなかったが、修験者が心静かに印を結び、呪文を唱えると、たちまち死体に変じた。その後、女は二度と訪ねてこなかった。実に不思議な話だ。

※『諸国百物語』は太刀川清校訂『百物語怪談集成』国書刊行会、『好色百物語』は吉田幸一編『恠談百物語』古典文庫六二七を参照した。

第五章　骨女の怪奇とエロス――骸骨と幽霊の「牡丹灯籠」

今井秀和

1　江戸の骨女――鳥山石燕『今昔画図続百鬼』より

骨女《ほねおんな》。世間的には、あまり有名な存在ではない。ところが意外なことに、このマイナーな妖怪を描いた一枚の絵が、中国および日本で展開してきた「牡丹灯籠」系統の説話を理解しようとする際には、重要な視点を提供してくれるのである。

そこで以下においては骨女の魅力にどっぷりと浸かりつつ、「牡丹灯籠」に内在する、物語としての二つの方向性――怪奇とエロス――について考えていきたい。

さて、そもそも「骨女」とは何なのか。それは、江戸期の絵師である鳥山石燕《とりやませきえん》が「牡丹灯籠」系統の物語を下敷きにして創作した化物の絵である。石燕は今日で言うところの妖怪画集である『画図百鬼夜行』シリーズという版本を世に出した。骨女はその内、安永八年（一七七九）刊『今昔画図続百鬼』に収録されている（図5－1）。

それではさっそく、この絵の内容を確認していこう。画面上部には三日月が描かれており、時間帯が夜であることを示している。画面の中心には一人の女が立っている。綺麗に髪を結い上げた女は美しい着物に身を包み、牡丹の意匠を施した灯籠を提げている。そして、簡素な門に手をかけて、今にもそれを開けようとしているようである。

若い女が夜半に訪れるとなれば、家主は男と相場が決まっている。しかし、この絵はそうした艶めいた想像力を真っ向から拒否する。女の目は真っ黒に塗りつぶされており、鼻も三角形。輪郭は不自然にカクカクとしていて、要するに髑髏のような顔をしているのである（図5－2）。

とは言っても顔には耳のように見える部分があり、手先も人の手として描かれているから、骸骨そのものが着物を着ているわけではない。あくまで人間の女としての体裁を保ちつつも、その顔は江戸期の絵画表現におけるステレオタイプな髑髏（しゃれこうべ）像を強く意識してデザインされているのである。

一体全体、この女は何者なのか。それでは次に、絵に付された詞書《ことばがき》を読んでみよう。

> これは御伽《おとぎ》ばうこに見えたる年ふる女の骸骨《がいこつ》。牡丹《ぼたん》の燈籠《とうらう》を携《たずさ》へ、人間《にんげん》の交《まぢはり》をなせし形《かたち》にして、もとは剪燈新話《せんとうしんわ》のうちに牡丹燈記《ぼたんとうのき》とてあり。(1)

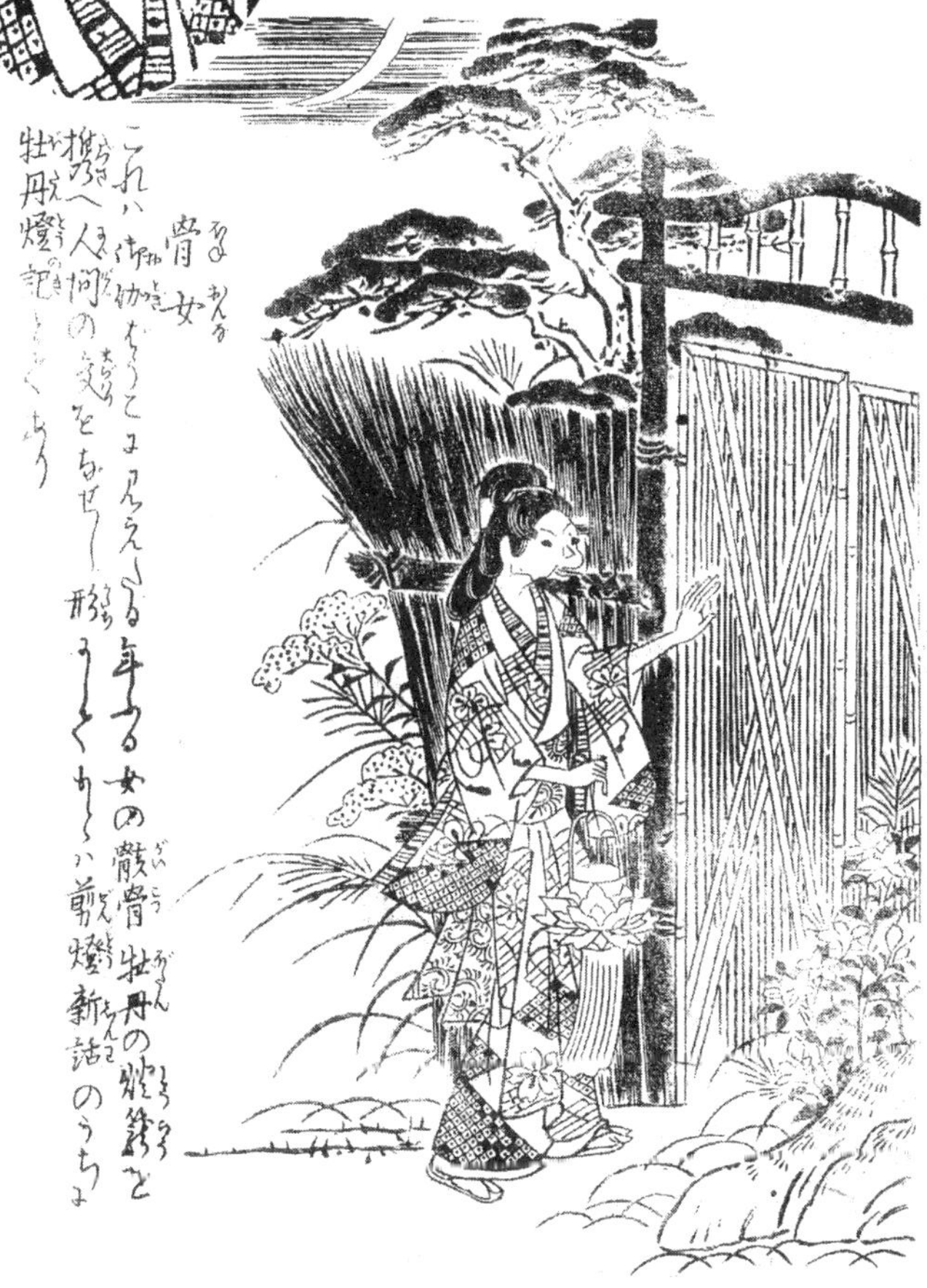

図 5-1　鳥山石燕の描く骨女
（『今昔画図続百鬼』より）

図5-2　骨女の顔部分（前掲）

詞書によって石燕自ら、浅井了意の怪談集『伽婢子』および、そのルーツと考えられている中国の『剪燈新話』をあげていることからも明らかなように、石燕「骨女」は「牡丹灯籠」系統の説話を基に、それをもじって作られた妖怪画なのである。

ただし、石燕によって創り出された「骨女」という妖怪キャラクターにおいては、「牡丹灯籠」系統の説話が有している、美しい女幽霊と人間の男とが織りなすエロスの要素が無化されていると言って良い。また、怪奇という要素も薄まり、むしろ滑稽さが際立っているようである。こうした問題については、のちほど再考を試みたい。

2　現代の骨女——アニメ『地獄少女』より

冒頭で、骨女はマイナーな妖怪であると記した。ところが、現代のサブカルチャーにおいての骨女は、徐々にその名を世間に知らしめつつある。江戸期の怪談文化について深入りする前に、現代のサブカル事情を眺めてみよう。

著名な作品から見て行けば、水木しげるのマンガ『ゲゲゲの鬼太郎』にも骨女は登場する。しかし、そこにおける骨女は、さほど重要な役回りではない。同作がアニメ化された際にも骨女は繰り返し登場するが、やはり数多い脇役の内の一人である。

現代において骨女の知名度を上げる役割を果たしたのは、二〇〇五年から二〇一七年にかけ、計四回のシリーズとして放映されたアニメ『地獄少女』（原案＝わたなべひろし、原作＝地獄少女プロジェクト）であろう。同作は、アニメ然としたキャラクター造形と美麗な画面作りで目を引くが、その内容はと言えば、現代社会の闇を描いたホラータッチの作品である。(2)

物語の中心となるのは、「地獄少女」と呼ばれる地獄の遣い「閻魔あい」および、配下の妖怪たちである。彼らは特定の人物に恨みを持つ依頼者からインターネット経由で依頼を受けると、依頼された人間を地獄に流す。地獄少女の配下は「輪入道」、「山童」、「一目連」など、石燕『画図百鬼夜行』シリーズその他の江戸期の出版メディアを通じて有名になった妖怪たちである。そして、配下の中でも重要な位置を占めるのが「骨女」である（図5‐3）。

図 5-3　アニメ『地獄少女』の骨女。着物には牡丹の花があしらわれている。

『地獄少女』における骨女は美しい容姿と豊満な肉体を持ち、遊女姿に身を包んだ艶やかなキャラクターとして造形されている。人間に扮した際には「骨オンナ」をもじった偽名「曽根アンナ」を名乗り、現代社会に合わせた妖艶な女性の姿で人間の男性を魅了するが、ひとたび本性をあらわすと恐ろしい骸骨姿となる（図5‐4）。

なお、アニメ第二シリーズ第二一話「紙風船ふわり」で、骨女の前身は「新三郎」とい

図5-4　本性を現した骨女（永遠幸によるコミカライズ『地獄少女1』講談社より）

う男にだまされて遊女屋に売られた「おつゆ」という少女であったことが示されており、円朝「牡丹燈籠」との関連を意識したキャラクター造形であることが分かる。

このように『地獄少女』における骨女は、怪奇とエロスを同居させたキャラクターであると言えよう。同作はメディアミックス展開を遂げており、実写版TVドラマでは杉本彩が、舞台では瀬戸早妃が「骨女」役として起用され、見事にそのイメージを表現している。

また、ごく近年では、スマートフォンなどでプレイするソーシャルゲーム『陰陽師』（二〇一七年二月二十三日配信開始）にも「骨女」が登場する。そこでの「骨女」は髑髏の髪飾りを付けた花魁姿の、毒々しくも妖艶なキャラクターである。『地獄少女』の「骨女」を踏まえたキャラクター造形であると考えておいてよいだろう。

実は、ソーシャルゲーム『陰陽師』は、中国のオンラインゲーム会社であるNetEase, Inc. による作品である。同作は日本人声優を起用し、主として日本人向けに開発されており、中国語版にも日本語版と同じ音声が実装されている。

『剪燈新話』所収の「牡丹灯記」を由来とする「骨女」は、中国の『剪燈新話』における女幽霊→日本の『伽婢子』における女幽霊→日本の『画図百鬼夜行』シリーズにおける骨女→日本のアニメ『地獄少女』における骨女→中国のゲーム『陰陽師』における骨女という、文化史的に眺めてみると非常に興味深い変遷を辿ってきたことになる。

3　幽霊の悲哀と耽美、骸骨の怪奇と滑稽

さて、話を江戸期に巻き戻してみよう。「牡丹灯籠」系統の物語が持つ、話としてのキモは、主人公である男が惚れた美女が、実はすでに白骨と化した死者だったという点にある。

死者は、若い男の前には生前の美女の面影を宿した姿で登場するが、それを垣間見る第三者の目には骸骨として映る。この物語を扱う際、主人公視点で美女の面影を強調し、逢瀬の場面を語れば、それは幻想的な悲哀とエロスの物語になる。

ところが、第三者の目線からこの物語を捉えれば、それは必ずしも耽美に彩られたものではなくなってくる。ここで思い出したいのが、美女の白骨をめぐる、「牡丹灯籠」とは異なる物語である。

それは「枯骨報恩譚《ここつほうおんたん》」に分類される説話の一種である。よく知られたものとしては、江戸落語「野ざらし」（上方落語「骨《こつ》つり」）および、その典拠と言われる明末清初の馮夢竜《ふうむりゅう》（一五七四－一六四六）撰になる『笑府』所収「学様」がある。

「学様」のあらすじは以下のようである。ある男が、野ざらしになっていた白骨を哀れに思って供養した。するとその夜、白骨の主である楊貴妃が訪ねてきて、供養のお礼に夜伽を申し出る。これを

羨んだ隣人が真似をして白骨を探し回って供養すると、むくつけき武人の張飛が訪ねてきて一夜のお礼を申し出た、という笑話である。「学様」とは人真似のことで、戸を叩いた際に名を訪ねられた来訪者が、それぞれ「妃《フェイ》」、「飛《フェイ》」と答えるところに笑いのキモがある。

落語「野ざらし」の場合も大筋は「学様」に従っているが、隣家の話し声を聞いた男が聞き耳を立てたり覗き見をしたりして美女の来訪を知る、という点に違いがある。典拠たる『笑府』所収「学様」においては、「隣人聞而慕焉」（隣人聞きてこれを慕い）と、すこぶる簡潔な描写に留まるのである。落語「野ざらし」における聞き耳、覗き見といった趣向は、「牡丹灯籠」系統の説話から採り入れたものであったかもしれない。

枯骨報恩譚は、報恩譚でありつつも、怪奇譚の側面を持ち併せている。さらに「学様」や「野ざらし」においては、艶笑譚としての要素が付け加わっている。この点は、「牡丹灯籠」系統の説話が成立した後の、パロディ的な扱われ方について考える上でも重要である。

なぜならば、「牡丹灯籠」において第三者視点（覗き目線）で骸骨姿を強調すれば、悲恋めいた耽美的な物語の解釈は一気に、怪奇あるいは滑稽の方向へと向かうからである。そして、骸骨姿を強調したものの代表的な例が、石燕「骨女」であった。そこに幻想や耽美はなく、ただ怪奇と滑稽がある。しかも、とくに滑稽さが強調されている。

石燕は、あえて「牡丹灯籠」の耽美性を廃し、コミカルな骸骨姿と、身も蓋もない「骨女」という名を与えた。考えてみれば、これほど色気のないネーミングも珍しい。現代のサブカル作品である

図 5-5　骸骨を抱く男の挿絵（歌川豊国画、版本『繪本開中鏡』より）

『地獄少女』では、その素っ気ない名称を逆説的に捉えて艶やかな容姿を「肉付け」したわけである。

「牡丹灯籠」を扱った江戸期の絵画作品には、石燕「骨女」以外にも、骸骨姿を強調したものの系譜がある。たとえば、「覗き」の目線で骸骨姿を強調したものとして、次の春画をあげることができる。

猿猴坊月成著・歌川豊国画の版本、文政六年（一八二三）序、『繪本開中鏡』（全三冊）の第二冊の挿絵には、若い男が恍惚の表情で骸骨を抱きしめ、骸骨の体内に射精している瞬間を描いた見開き頁がある（図5-5）。

春画における性器の挿入シーンでは、当然のことながら男性器の全容が見えない。ところが、この絵では女が骸骨姿なので、なんと、挿入された男性器の射精シーンを描くことが可能となっているのである。

主人公視点においては幻想的、耽美的な「死者（幽霊）」との逢瀬場面を、それを覗き見した第三者の目線で描くことにより、若い健康な男が「死者（骸骨）」とまぐわうことのグロテスクさと滑稽さに転換しているのである。

そして、ここでの読者の視点は、春画においてたびたび試みられるメタ的な表現として、覗き見する第三者の視線に重ね合わされている。怪異を擬似的に追体験する手段としての「怪談」の享受と、当事者以外として色事に参画する手段としての「春画」の閲覧とが、期せずして見事に合致しているのである。

4　幽霊と骸骨

極論すれば江戸期の絵画表現のレベルにおいて、女の死者表象には美女か醜女（しこめ）、どちらかしか存在ない。基本的に、「累ヶ淵」の累や「四谷怪談」のお岩は醜女として、「皿屋敷」のお菊、「牡丹灯籠」の女（明治以降「お露」）は美女として描かれる。

「牡丹灯籠」の場合、女幽霊は美女として語られ、主人公である若い男も、物語の受容者もそう認識している。ところが、女幽霊を第三者が見る場面では、死者である女の姿が、骸骨すなわち一種の醜女としても表現されるわけである。

物語の構造上、「美女」と「醜女」、双方の表現を一場面に混在させている希有な例が「牡丹灯籠」であると言うことも可能であろう。

興味深いことに、江戸期、「牡丹灯籠」の逢瀬場面において美女（幽霊）と醜女（骸骨）という相反する二つの方向性が同居していることに気付いた絵師たちが居た。彼らは作品の中で、美女幽霊と骸骨という二律背反のイメージを一つにまとめてしまおうと試みる。

実は、前出『繪本開中鏡』の挿絵は「仕掛け絵」である。まず、見開き頁に美しい女幽霊と男との交合場面が描かれており、頁をめくると、やはり見開き頁に同じ構図で骸骨と男の交合場面が描かれている。

この仕掛け絵には、どんな美女も一皮剥けば骸骨という、仏教における無常観などを踏まえた一休禅師の教えも組み込まれてはいる。しかし、一休の教えや、美女の死体が腐りゆく様を描いた「九相図」など、仏教における発想はあくまで、時間の経過に伴う美女から醜女への変化を通して、無常を説こうというものであった。

江戸怪談について考える上では、「牡丹灯籠」の物語における二種類の死者表象が、時間の経過ではなく同一の瞬間において美女と醜女のイメージとを同時に幻出させていたこと、そして、それがこの仕掛け絵を通じて見事に喝破されていたという点が重要になってくる。言うなれば、優れた批評的要素を備えた二次創作とも受け取れるわけである。

ほかにも同様の発想は見られ、落合蕙斎による浮世絵の揃物『百もの語』のうち「牡丹燈籠」は、

図5-6　落合蕙斎「牡丹燈籠」（『百もの語』より）

美女の背後に、その正体である骸骨が描き込まれる（図5-6）。このように、耽美と怪奇を一枚の絵の中に同居させたものもある。

なにも豊国や蕙斎が、典拠となる「牡丹灯籠」系統の物語の構造を、絵画を通して明らかにしようとしていたわけではあるまい。版本や錦絵という印刷された紙媒体のメディアによる絵画表現が、期せずして物語の構造に迫り得る批評的視点を備えていた、と考えておけばよい。しかし、そうであってもなお、彼らの視点は鋭い。

石燕「骨女」の場合は、どうであろうか。その詞書は『伽婢子』の書名を出して、それが典拠であることを仄めかすが、一方で「年ふる女の骸骨」が化けたものとも記しており、骨女が付喪《つくも》神《がみ》的な、年を経た古いものが変化した存在だという新たなキャラクター設定を施してもいる。

こうした操作によって石燕「骨女」からは、典拠となる物語において死者が宿していた、生前の女に基づく個性（アイデンティティー）が剥落し、妖怪画集の中の一キャラクターとして整理され直しているのである。

しかしながら、骨女のもとになった「牡丹灯籠」系統の物語における女の死霊は、白骨姿という恐ろしい正体の上に、男を魅了する性的魅力にあふれた肢体をまとった存在として造形されている。言うなれば「骨女」の背後には、怪奇とエロスの双方の文脈が控えているのである。

このように、石燕による「骨女」は、「牡丹灯籠」という物語それ自体が持ち併せている、女幽霊を巡る二つの表現方法についてヒントを与えてくれる存在でもある。美女としての「幽霊」にはエロスが関わっており、日常生活を送る人々にとっての異物たる「骸骨」には、恐怖あるいは笑いが関わってくる。

石燕は「牡丹灯籠」系統の物語が、女幽霊の悲哀とその裏返しとしての憎悪にまつわる耽美性を備えた怪談であることを充分に認識していたはずである。その上で、そこから遠く離れて怪奇と滑稽のみとを抽出し、「骨女」なる名前を与えて新たにキャラクター化した。

「骨女」と、石燕が依拠した「牡丹灯籠」系統の物語との間には、女の死者を巡るイメージに関する大きな乖離がある。しかし、その乖離にこそ、「牡丹灯籠」の物語としての重層性を紐解く大きなヒントが含まれているのである。

江戸期の二次創作たるこれらの絵画作品は、骸骨と幽霊、どちらにバランスを傾けて「牡丹灯籠」を理解しているのか、現代人に問い直そうとしているのかもしれない。滑稽な振りをしていても、骨女のその尖った指先は、すでに我々の喉元に突きつけられているのである。

〈注〉

（1）「今昔画図続百鬼」所収「骨女」の図版・詞書の参照にあたっては、以下の書籍を用いた。『鳥山石燕　画図百鬼夜行全画集』角川書店、二〇〇五年。詞書は読みやすさに配慮して、適宜表記をあらためている。

（2）アニメ『地獄少女』については以下拙稿でも分析を試みた。今井秀和「〈地獄〉表象の変容　―「妖怪のいる地獄」像を巡って―」『蓮花寺佛教研究所紀要』十一号、蓮花寺佛教研究所、二〇一八年三月。

第六章　円朝口演『怪談牡丹燈籠』

解説＝斎藤　喬

1　『怪談牡丹燈籠』にみる落語的想像力

「噺家の神様」三遊亭円朝

本章で取り上げる『怪談牡丹燈籠』の作者三遊亭円朝（一八三九－一九〇〇）は、江戸から明治にかけて活躍した不世出の噺家であるとともに、四十名を超える一門に三遊派を育て上げた大師匠でもあり、さらには現在の落語協会の前身となった「落語睦連」を結成したメンバーの一人としても知られ、その数多くの業績から「落語界中興の祖」と称される。また、日本初の口演速記本として出版されて言文一致運動に影響を与えたとされる『怪談牡丹燈籠』だけでなく、陰惨な連続殺人を巡る因果の恐ろしさで描き切った傑作ホラーである『真景累ケ淵《しんけいかさねがふち》』や、苦労人の出世譚として明治十八年の出版後は修身の読本に採用された『塩原多助一代記《しおばらたすけいちだいき》』などによって、文学者として社会史にも印象深くその名を残す極めて稀有な芸人でもある。
雑誌『東京人』二〇〇四年八月号（通巻二〇五号）の小特集は「落語 講談 怪談噺」で、桂歌丸師は
そのインタビューを「圓朝師匠という方を、私は噺家の神様だと思っています。ですから、その名前
が忘れられちゃ困るんです。」と言って締め括っている。その三年後、『東京人』二〇〇七年九月号
（通巻二四四号）の表紙には寄席文字で大々的に「三遊亭圓朝」と飾られ、「江戸明治を駆け抜けた、落
語界のシェイクスピア」という惹句が踊る特集号が刊行された。巻頭には歌丸師と二〇〇七年三月に
単行本化されたばかりの『円朝芝居噺 夫婦幽霊』の作者辻原登氏との対談があり、そこでは演者か
ら見た円朝怪談の魅力が次のように語られる。

噺の設定はもちろんですが、登場人物、その心理の深い描き方に魅かれていきました。たとえ
ば、『牡丹燈籠』の伴蔵とおみね夫婦や、『真景累ヶ淵』の新吉とお賤のように、最初はなんでも
ない人物が、突然「悪」の道に入っていく……その心情は、演じてみるまでわからなかったこと
でした。圓朝師匠の作品には現代に通じる部分が多くあると思いますが、「悪」の部分一つとっ
ても、人間の本質を深く突いている。描いているのは、ただ単に「楽しい」「怖い」だけの世界
ではないんです。それを演じるのですから、力が入ります。（桂歌丸、辻原登「対談 噺家にして稀代の
書き手」『東京人』第二四四号、二〇頁）

引用文中の「楽しい」と「怖い」を敢えて落語のカテゴリー別に分類してみると、前者は笑話としての側面を、後者は怪談としての側面をそれぞれ指し示しているように見える。ただ、歌丸師によれば、円朝ものには「楽しい」「怖い」だけでなく犯罪小説のような「悪」の美学がきらめく瞬間があり、そこには現代的なテーマが潜んでいて奥深いのだと言う。明治期の寄席体験として、円朝の高座は笑いあり恐怖あり、スリルとサスペンスに満ちた第一級のエンターテインメントとして東京中を席捲していたらしいのであるが、その物語が今日でも通用するような普遍的な「悪」の論理に基づいて構成されていたのだとすれば、それが「楽しい」や「怖い」とどう結びついているのか興味は尽きない。

本章はこうした円朝作品の現代性について、その代表作の一つである『怪談牡丹燈籠』を取り上げて、各場面の口演速記を実際に読みながら具体的に検証していくことを目指すものである。

物語の構成と解読の視点

それでは、実際に本文を読む前に、円朝口演『牡丹燈籠』の物語全体の構成を概括しておくことにしよう。

全二十一回に分けられている章立てのうち前半となる第十六回までは、奇数回と偶数回でそれぞれ別筋の物語が展開する。第一回目は「刀屋」という別名で、独立した一席物として高座に掛かることのある演目だが、『牡丹燈籠』という作品全体のいわば前日譚となる因縁の発端を説明する部分である。そこではのちに飯島平左衛門となる若侍と黒川孝蔵という酔漢の浪人が喧嘩をして刃傷沙汰に及ぶのだが、このことが平左衛門と孝蔵の息子である孝助を軸にした敵討ちとお家騒動へと展開していく。つまり円朝口演『怪談牡丹燈籠』を書き物として読む場合、第一回から第十五回までの奇数回及び第十七回以降に合流するこちらが本筋で、平左衛門と孝助による忠君孝親・勧善懲悪の物語として大団円を迎えることになっている。本書で取り扱う萩原新三郎と飯島家お露の怪談は第二回から第十六回の偶数回に当たっていて、実は『牡丹燈籠』の本筋ではない。

しかしながら円朝口演の『牡丹燈籠』を怪談噺として聞こうとすると、それらしき幽霊出現の場面が他にほとんどなく、お露と新三郎の別筋こそがその怪談らしさを支えていると気づく。本書で見てきたように、この作品は中国明代の『剪燈新話』所収の「牡丹灯記」と浅井了意『伽婢子』所収の「牡丹灯籠」の系譜に連なる翻案怪談なのであるが、円朝はこの話を谷中三崎《やなかさんさき》の新幡随院《しんばんずいいん》にあったという濡れ仏、すなわち屋外に安置された仏像の縁起譚となるように取り入れた上で、全体としては先ほどの「刀屋」系統の物語を本筋として再構成している。そのため、題名の「牡丹燈籠」が小道具として登場するのは前半の怪談の中のごく一部に過ぎないのだが、演題に「怪談」を掲げている以上「牡丹燈籠」という演目には象徴的な意味があると言えるだろう。

本稿の試みは、円朝の口演速記『牡丹燈籠』を怪談として怖がることができるとすればそれはいかにして可能かという問いに焦点を合わせている。落語で言う「怪談噺」というのは通常「幽霊の出る噺」のことを指し示しているのだが、例えば明治の劇作家岡本綺堂は、『牡丹燈籠』を速記本で読んで怖くないと高を括って円朝の高座を見に行ったら、段々と一種の妖気を感じ、夜十時に寄席が終わると雨の中暗い夜道を逃げるようにして帰ったという思い出を書き記していて、その直後に以下のような解説が続く。

この時に、私は円朝の話術の妙と云うことをつくづく覚った。速記本で読まされては、それほどに凄くも怖ろしくも感じられない怪談が、高坐に持ち出されて円朝の口にのぼると、人を怖《おび》えさせるような凄味を帯びて来るのは、実に偉いものだと感服した。時は欧化主義の全盛時代で、いわゆる文明開化の風が盛んに吹きまくっている。学校にかよう生徒などは、もちろん怪談のたぐいを信じないように教育されている。その時代にこの怪談を売り物にして、東京じゅうの人気をほとんど独占していたのは、怖い物見たさ聴きたさが人間の本能であるとは云え、確かに円朝の技倆に因るものであると、今でも私は信じている。（岡本綺堂「寄席と芝居と」『綺堂芝居ばなし』旺文社文庫、一九七九年、九〜一〇頁）

口演速記には編集があって脚色があり、その記述が本当に寄席そのままというわけではもちろんない。だから綺堂の言う円朝の凄味、話芸の妙を読み取るのは相当に困難であることは間違いない。その上福沢諭吉が一八七五年に『文明論之概略』で「文明開化」の用語を公表してからさらに百五十年近くも経過した今日において、怪談噺の恐怖などと言うと綺堂の時代よりもはるかに隔世の感を抱かせるかもしれない。円朝口演を聴いて綺堂が味わった恐怖を、寄席において現象した恐怖を後代に生きる私たちが感覚的に把握するのはそれほど容易なことではないのである。

以下においては、各回ごとの口演を読みながら、円朝怪談の妙味をじっくりと堪能することにしよう。またそこでは、特に怪談となるまでの段階において落語的設定がふんだんに織り込まれていることから、円朝の怪談と地続きになっている同時代の落し噺を参照しながら円朝怪談で発揮されている落語的想像力の一端を見てみることにしよう。落語家である円朝の口演には怪談噺とはいえ笑話としての可笑しみがあり、その可笑しみは類話となる落語のくすぐりと重なり合うように織り込まれている。そのため各回の解説では、典型的な登場人物や舞台設定が噺の間を横断する落語的な世界観を念頭に置きながら、円朝口演において笑いから恐怖への転換がどのように行なわれそこから怪談のカタルシスがどのように産み出されているかに注目していく。

2　円朝口演の本文と解説

（1）第二回本文

二

さて飯島平太郎様は、お年二十二の時に悪者《わるもの》を斬殺《きりころ》してちっとも動ぜぬ剛気の胆力《たんりょく》でございましたれば、お年を取るに随《したが》い、ますます智慧《ちえ》が進みましたが、その後《のち》御《ご》親父《しんぷ》様には亡くなられ、平太郎様には御家督《ごかとく》を御相続あそばし、御親父様の御名跡《ごみょうせき》をお嗣《つ》ぎ遊ばし、平左衛門と改名され、水《すい》道端《どうばた》の三宅《みやけ》様と申上げまするお旗下《はたもと》から奥様をお迎えになりまして、ほどなく御出生《ごしゅっしょう》のお女子《にょし》をお露《つゆ》様と申し上げ、頗《すこぶ》る御器量美《ごきりょうよし》なれば、御両親は掌中《たなぞこ》の璧《たま》と愛《め》で慈《いつく》しみ、後《あと》にお子供が出来ませず、一粒種の事なればなおさらに撫育《ひそう》される中《うち》、隙《ひま》ゆく月日《つきひ》に関守《せきもり》なく、今年は早《は》や嬢様は十六の春を迎えられ、お家《いえ》もいよいよ御繁昌《ごはんじょう》でございましたが、盈《み》つれば虧《か》くる世のならい、奥様にはふとした事が元となり、遂《つい》に帰らぬ旅路に赴《おもむ》かれましたところ、この奥様のお附《つき》の人に、お国《くに》と申す女中がございまして、器量人並に勝《すぐ》れ、殊《こと》に起居《たちい》周旋《とりまわし》に如才《じょさい》なければ、殿様にも独寝《ひとりね》の閨《ねや》淋しいところから早晩《いつか》このお国にお手がつき、お国はとうとうお妾《めかけ》となり済《すま》しましたが、奥様のない家《うち》のお妾なればお羽振《はぶり》もずんと宜《よろ》しい。然《しか》るにお嬢様はこのお国を憎く思い、互《たがい》にすれすれになり、国国と呼び附けまするると、お国はまたお嬢様に呼捨《よびすて》にされるを厭《いや》に思い、お嬢様の事を悪《あし》ざまに殿様にかれこれと告口《つげぐち》をするので、嬢様と国との間何《な》んとなく落着《おちつ》かず、されば飯島様もこれを面倒な事に思いまして、柳島辺《やなぎしまへん》にある寮を買い、嬢様にお米《よね》と申す女中を附けて、この寮に別居させておきましたが、そも飯島様のあやまりにて、これよりお家《いえ》のわるくなる初めでございました。さてその年も暮れ、明《あ》くれば嬢様は十七歳におなりあそばしました。ここにかねて飯島様へお出入《でいり》のお医者に山本志丈《やまもとしじょう》と申す者がございます。この人一体は古方家《こほうか》ではありますけれど、実はお幇間医者《たいこいしゃ》のお喋《しゃべ》りで、諸人《しょにん》助けのために匙《さじ》を手に取らないという人物でございますれば、大概のお医者なれば、ちょっと紙入《かみいれ》の中にもお丸薬《がんやく》か散薬《こぐすり》でもはいっていますが、この志丈の紙入の中には手品の種や百眼《ひゃく》

眼《まなこ》などが入れてある位なものでございます。さてこの医者の知己《ちかづき》で、根津《ねづ》の清水谷《しみずだに》に田畑《でんばた》や貸長屋を持ち、その上《あが》りで生計《くらし》を立てている浪人の、萩原新三郎《はぎわらしんざぶろう》と申します者がありまして、生れつき美《び》男《なん》で、年は二十一歳なれどもまだ妻《めと》をも娶らず、独身で暮す鰥《やもお》に似ず、極《ごく》内気でございますから、外出《そとで》もいたさず閉籠《とじこも》り、鬱々《うつうつ》と書見《しょけん》のみしておりますところへ、ある日志丈が尋ねて参り、

志「今日は天気も宜《よろ》しければ亀井戸の臥竜《が》梅《りょうばい》へ出掛け、その帰るさに僕の知己《ちかづき》飯島平左衛門の別荘へ立寄りましょう、いえサ君は一体内気でいらっしゃるから婦女子にお心掛けなさいませんが、男子にとっては婦女子位楽《たのし》みなものはないので、今申した飯島の別荘には婦人ばかりで、それはそれはよほど別嬪《べっぴん》な嬢様に親切な忠義の女中とただ二人ぎりですから、冗談でも申して来ましょう、本当に嬢様の別嬪を見るだけでも結構なくらいで、梅もよろしいが動きもしない口もききません、されども婦人は口もきくしサ動きもします、僕などは助平《すけべい》の性《たち》だからよほど女の方が宜しい、マアともかくも来たまえ。」

と誘い出しまして、二人打連《うちつ》れ臥竜梅へまいり、その帰り路《みち》に飯島の別荘へ立寄り、

志「御免下さい、誠にしばらく。」

という声聞き附け、

米「どなたさま、おや、よくいらっしゃいました。」

志「これはお米《よね》さん、その後《のち》は遂《つい》にない存外の御無沙汰《ごぶさた》をいたしました、嬢様にはお変りもなく、それはそれは頂上々々、牛込からここへお引移《ひきうつ》りになりましてからは、何分にも遠方ゆえ、存じながら御無沙汰になりまして誠に相済みません。」

米「まアあなたが久しくお見えなさいませんからどうなすったかと思って、毎度お噂を申しておりました、今日はどちらへ。」

志「今日は臥竜梅へ梅見に出かけましたが、梅見れば方図《ほうず》がないという譬《たとえ》の通り、まだ慊《あき》たらず、御庭中《ごていちゅう》の梅花《ばいか》を拝見いたしたく参りました。」

米「それは宜《よ》くいらっしゃいました、まアどうぞこちらへお入《はい》りあそばせ。」

と庭の切戸《きりど》を開《ひら》きくれれば、

「しからば御免。」

と庭口へ通ると、お米は如才《じょさい》なく、

米「まア一服召上りませ、今日は能《よ》くいらっしゃって下さいました、平常《ふだん》は私《わたくし》と嬢様ばかりですから、淋《さむ》しくって困っているところ、誠に有難うございます。」

志「結構なお住いでげすな……さて萩原氏《はぎわらうじ》、今日君のお名吟《めいぎん》は恐れ入りましたな、何《なん》とか申したな、ええと「煙草には燧火《すりび》のうまし梅の中《なか》」とは感服々々、僕などのような横着《おうちゃくもの》者は出る句もやはり横着で「梅ほめて紛《まぎ》らかしけり門違《かどちが》い」かね、君のような書見《しょけん》ばかりして鬱々《うつうつ》としてはいけませんよ、先刻《さっき》の残酒《ざんしゅ》がここにあるから一杯あがれよ…何《な》んですね、厭《いや》です…それでは独《ひと》りで頂戴いたします。」

と瓢簞《ひょうたん》を取り出すところへお米出《い》で来《きた》り、
米「どうも誠にしばらく。」

志「今日は嬢様に拝顔《はいがん》を得たく参りました、ここにいるは僕が極《ごく》の親友です、今日はお土産《みやげ》も何《なん》にも持参いたしません、エヘヘ有難うございます、これは恐れ入ります、お菓子を、羊羹《ようかん》結構、萩原君召し上れよ。」

とお米が茶へ湯をさしに行ったあとを見送り、

「ここの家《うち》は女二人ぎりで、菓子などは方々から貰っても、喰い切れずに積上げておくものだから、皆黴《かび》を生《は》かして捨てるくらいのものですから、喰ってやるのがかえって親切ですから召上れよ、実にこの家《うち》のお嬢様は天下にない美人です、今に出ていらっしゃるから御覧なさい。」

とお喋《しゃべ》りをしているところへ向うの四畳半の小座敷から、飯島のお嬢さまお露が人珍らしいから、障子の隙間《すきま》よりこちらを覗《のぞ》いて見ると、志丈の傍《そば》に坐っているのは例の美男《びなん》萩原新三郎にて、男ぶりといい人品《ひとがら》といい、花の顔《かんばせ》月の眉、女子《おなご》にして見まほしき優男《やさおとこ》だから、ゾッと身に染《し》みどうした風の吹廻《ふきまわ》しであんな綺麗な殿御《とのご》がここへ来たのかと思うと、カッと逆上《のぼ》せて耳朶《みみたぼ》が火の如くカッと真紅《まっか》になり、何《なん》となく間が悪くなりましたから、はたと障子をしめきり、裡《うち》へ入ったが、障子の内では男の顔が見られないから、またそっと障子を明けて庭の梅の花を眺める態《ふり》をしながら、ちょいちょいと萩原の顔を見てまた恥かしくなり、障子の内へはいるかと思えばまた出て来る、出たり

引込《ひっこ》んだり引込んだり出たり、もじもじしているのを志丈は見つけ、
　志「萩原君、君を嬢様が先刻《さっき》からしげしげと見ておりますよ、梅の花を見る態《ふり》をしていても、眼の球《たま》はまるでこちらを見ているよ、今日は頓《とん》と君に蹴られたね。」
と言いながらお嬢様の方を見て「アレまた引込《ひっこ》んだ、アラまた出た、引込んだり出たり出たり引込んだり、まるで鵜《う》の水呑《みずのみ》水呑。」と噪《さわ》ぎどよめいているところへ下女のお米出《い》で来《きた》り「嬢様から一献《こん》申し上げますが何もございません、真《ほん》の田舎料理でございますが御緩《ごゆる》りと召上り相変らずあなたの御冗談を伺《うかが》いたいと仰《おっ》しゃいます。」と酒肴《さけさかな》を出《い》だせば、
　志「どうも恐入りましたな、へいこれはお吸物誠に有難うございます、先刻《さっき》から冷酒《れいしゅ》は持参いたしておりまするが、お燗酒《かんしゅ》はまた格別、有難うございます、どうぞ嬢様にもいらっしゃるように今日は梅じゃアない実はお嬢様を、いやなに。」
　米「ホホホホただ今さよう申し上げましたが、お連《つれ》のお方は御存じがないものですから間が悪いと仰しゃいますから、それならおよし遊ばせと申し上げたところが、それでも往《い》って見たいと仰しゃいますの。」
　志「いや、これは僕の真《しん》の知己《ちかづき》にて、竹馬の友と申しても宜《よろ》しい位なもので、御遠慮には及びませぬ、どうぞちょっと嬢様にお目にかかりたくって参りました。」
と云えば、お米はやがて嬢様を伴い来《きた》る。嬢様のお露様は恥かしげにお米の後《うしろ》に坐って、口の中《うち》にて「志丈さんいらっしゃいまし。」と云ったぎりで、お米がこっちへ来ればこちらへ来《きた》り、あちらへ

行《ゆ》けばあちらへ行き、始終女中の後《うしろ》にばかりくッついている。
志「存じながら御無沙汰に相成りまして、いつも御無事で、この人は僕の知己《ちかづき》にて萩原新三郎と申します独身者《ひとりもの》でございますが、お近づきのためちょっとお盃《さかづき》を頂戴いたさせましょう、おや何だかこれでは御婚礼の三々九度《さかづき》のようでございます。」
と少しも間断《たえま》なく取巻きますと、嬢様は恥かしいがまた嬉しく、萩原新三郎を横目にじろじろ見ない振《ふり》をしながら見ております。と気があれば目も口ほどに物をいうと云う譬《たとえ》の通り、新三郎もお嬢様の艶容《やさすがた》に見惚《みと》れ、魂も天外に飛ぶばかりです。そうこうする中《うち》に夕景になり、燈火《あかり》がちらちら点《つ》く時刻となりましたけれども、新三郎は一向に帰ろうと云わないから。
志「大層に長座《ちょうざ》をいたしました、さお暇《いとま》をいたしましょう。」
米「何ですねえ志丈さん、あなたはお連様《つれさま》もありますからまア宜《よ》いじゃアありませんか、お泊りなさいな。」
新「僕は宜《よろ》しゅうございます、泊って参っても宜しゅうございます。」
志「それじゃア僕一人憎まれ者になるのだ、しかし又かような時は憎まれるのがかえって親切になるかも知れない、今日はまずこれまでとしておさらばおさらば。」
新「ちょっと便所を拝借いたしとうございます。」
米「さアこちらへいらっしゃいませ。」
と先に立って案内をいたし、廊下伝いに参り「ここが嬢様のお室《へや》でございますから、まアおはいり遊ばして一服召上って入っしゃいまし。」新三郎は「有難うございます。」と云いながら用場《ようば》へはいりました。

にございます。」

米「お嬢様え、あのお方が、出ていらっしゃったらばお水《ひや》を掛けておあげ遊ばせ、お手拭《てぬぐい》はここ

と新しい手拭を嬢様に渡しおき、お米はこちらへ帰りながら、お嬢様があいうお方に水を掛けてあげたならばさぞお嬉しかろう、あのお方はよほど御意《ぎょい》に適《かな》った様子。と独言《ひとりごと》をいいながら元の座敷へ参りましたが、忠義も度を外《はず》すとかえって不忠に陥《お》ちて、お米は決して主人に猥《みだ》らな事をさせるつもりではないが、いつも嬢様は別にお楽《たのし》みもなく、鬱《ふさ》いでばかりいらっしゃるから、こういう冗談でもしたら少しはお気晴《きばら》しになるだろうと思い、主人のためを思ってしたので。さて萩原は便所から出て参りますと、嬢様は恥かしいのが一杯でただ茫然《ぼんやり》としてお水《ひや》を掛けましょうとも何とも云わず、湯桶《ゆおけ》を両手に支えているを、新三郎は見て取り、

新「これは恐れ入ります、憚《はゞか》りさま。」

と両手を差伸《さしの》べれば、お嬢様は恥かしいのが一杯なれば、目も眩《くら》み、見当違いのところへ水を掛けておりますから、新三郎の手もあちらこちらと追《お》いかけてようよう手を洗い、嬢様が手拭をと差出してもモジモジしている間《うち》、新三郎もこのお嬢は真《しん》に美しいものと思い詰めながら、ずっと手を出し手拭を取ろうとすると、まだもじもじしていて放さないから、新三郎も手拭の上からこわごわながらその手をじっと握りましたが、この手を握るのは誠に愛情の深いものでございます。お嬢様は手

を握られ真赤《まっか》になって、またその手を握り返している。こちらは山本志丈が新三郎が便所へ行《ゆ》き、あまり手間取るを訝《いぶか》り、

志「新三郎君はどこへ行《ゆ》かれました、さア帰りましょう。」

と急《せ》き立てればお米は瞞《ごま》かし、

米「あなたなんですねえ、おやあなたのお頭《つむり》がぴかぴか光ってまいりましたよ。」

志「なにさそれは燈火《あかり》で見るから光るのですはね、萩原氏萩原氏。」

と呼立てれば、

米「なんですねえ、宜《よ》うございますよう、あなたはお嬢様のお気質も御存じではありませんか、お堅いから仔細《しさい》はありませんよ。」

と云っておりますところへ新三郎がようよう出て来ましたから、

志「君どちらにいました、いざ帰りましょう、さようならばお暇《いとま》申します、今日はいろいろ御馳走に相成りました、有難うございます。」

米「さようなら、今日はまア誠にお草々《そうそう》さまさようなら。」

と志丈新三郎の両人は打連《うちつ》れ立《だ》ちて帰りましたが、帰る時にお嬢様が新三郎に「あなたまた来て下さらなければ私《わたくし》は死んでしまいますよ。」と無量の情を含んで言われた言葉が、新三郎の耳に残り、しばしも忘れる暇《ひま》はありませせなんだ。

〈第二回解説〉

舞台は、柳島にある飯島家の寮。登場人物は、山本志丈、萩原新三郎、お露、お米。

この回は、主要登場人物となるお露と新三郎が初めて出会うお見合いの場となっている。無沙汰を詫びるお米とのやり取りや、後になって自分の手引でお露と新三郎の「お見合い」を設定したことが平左衛門に露顕することを恐れて距離を取ることから、ここでは藪医者の山本志丈が飯島家に無断で若い男を連れてきたという背景が想像できる。一方は「頗る御器量美」の十七歳で旗本の一人娘、他方は「生れつき美男」の二十一歳で独身の浪人者。柳島の寮に隔離されて軟禁状態にあるお露に対して、内気な新三郎は家に閉じこもって本ばかり読んでいる。このようにして、異性との交流をまるっきり遮断されてきた美男美女同士が、鬱屈した精神の発露を可能にしてくれるような舞台に放り出された時、目の前の相手を目標とした欲望の成就がにわかに現実味を帯びてくる、というのが聴衆が具体的に耳にするお露新三郎のきわめて初心《うぶ》な出会いの場面なのである。新三郎についての貧困な心理描写に比べるとお露の「一目惚れ」は念入りに強調されていることもあり、語り手の関心はお露から新三郎への想い入れにあるように見える。

宴席の場を盛り上げる芸人のことを「幇間《たいこ》持ち」と言うことから、患者の診察をまともにせずに手品道具を携えて取り巻いてばかりいる藪医者のことを「お幇間医者」と呼ぶ。そのため志丈の本領は

図 6-1a 「亀戸梅屋敷」跡
臥龍梅は亀戸の梅屋敷として知られた梅の名所にあった銘木。現在は江東区亀戸三丁目の浅草通り沿いに案内板が立つ。これにちなんで亀戸四丁目に「亀戸梅屋敷」という商業施設がある。（撮影＝編集部）

まさに盛り上げることにあるのであって、場慣れしていないお露と新三郎をからかったり茶化したりするのはお手の物だろう。お露の気持ちを察しては、「御婚礼の三々九度」などと囃し立てて恥ずかしがらせたり喜ばせたりする彼の技量は見事なものである。しかもそこで、自分という男の存在によって惚れたようすを見せているお露を間近に見ることによって、女に興味がないという触れ込みで来たはずの新三郎は心を動かしている。志丈におそらく他意などなく、ただこの場限りの余興として二人を盛り上げているだけなのだろうが、二人の男女は芸人の取り巻きをあたかも本気にし始める。

さらに、お露のご機嫌なようすに気を良くした女中のお米までもが、志丈と一緒になってお嬢様を焚き付けるところでこの場面は最高潮を迎える。便所に立った新三郎の後を追って手を洗うのを手伝ってあげるようにと、お米はお露に入れ知恵をする。お露は言われた通りに実行しようとするが、のぼせ上ってなかなか上手にできない。目の前でもじもじとしているお露のようすに心惹かれた新三郎は、二人きりになったこの瞬間に手拭いの上からその手をじっと握り締めるが、お露も真赤になって新三郎の手を握り返す。語り手はこの出来事を次の回で「男女の交わり」に等しい行為だったと解説するのだが、お露と新三郎は初見において確かに契り合ったという事後報告が、怪談の前提にはどうしても必要なのだろう。お露は、新三郎との別れ際に「あなたまた来て下さらなければ私は死んでしまいますよ」と脅迫する。このせりふは、旗本の箱入り娘が初めて出会って手を握っただけの浪人者に投げ掛ける言葉にしてはいささか芝居じみているように聞こえないだろうか。もしこれが遊郭で初めて客を取った遊女が帰り際に馴染みになってくれるように声を掛けるという場面であれば、ありきたりな世辞愛嬌になるのかもしれない。

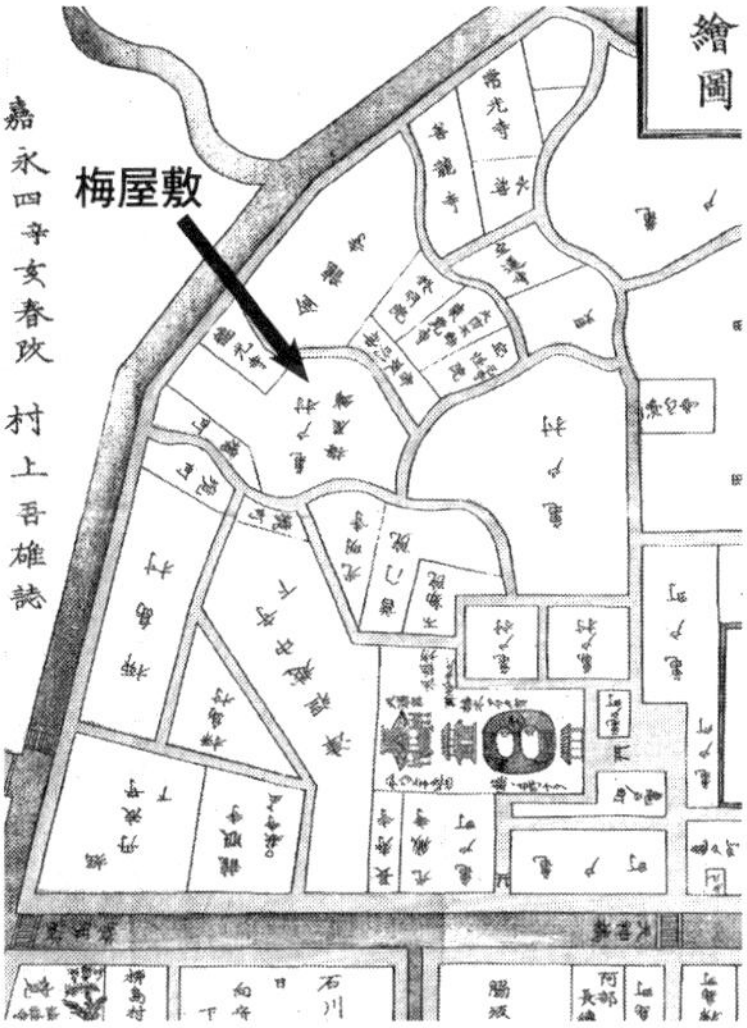

図 6-1b　梅屋敷（矢印）
（嘉永四年の江戸切絵図より）
隣接する龍光寺、光明寺、普門院は現存。

落語に慣れ親しんだ者であればこの場面を遊郭ものによく出る宴席の場のように聞くことも可能だろう。そうすると、柳島の寮には宴会を盛り上げる「幇間持ち」がいて、取り巻きのおばさんがいて、美男子の客に一目惚れをした新米の遊女がいるという構図になる。『牡丹燈籠』においては本当は遊女でないお露の恨み節が真実となるところから怪談となる物語が起動するのだが、それがまだ世辞愛嬌で済んでいるうちは遊郭を舞台にしたいわゆる「艶噺」の範疇に留まっているようにも見える。ただ、お米にしても、うら若きお露とともに元は女中だった妾のお国から飯島家を追放されているのだから、ふさぎ込んでいたお嬢さんを盛んに焚きつけて取り巻こうとする背景には年増の世話役としての忠義や情愛があることだろう。

〈落語ガイド①「紺屋高尾」〉

初心な青年を吉原通の仲人役が遊郭に連れていく演目が落語にはいくつもあり、例えば『紺屋高尾』もやはり、初心な職人が吉原の遊女に惚れ抜いて貧乏ながら一生懸命に働いて身請けをする内容である。興味深いことに明治三十一年『百花園』所収の柳亭左楽口演『紺屋の思染め』(『紺屋高尾』の改題)で吉原に手引きをする仲人役は「寸伯老」という名の「幇間持医者」となっている。これらの演目を参照しながら落語的な世界観の中で山本志丈が萩原新三郎に対して演じる役回りを捉えてみると、その相手役として引き合わされるお露の人物像もより判然としてくるだろう。以上のことが、これから徐々に怪談じみてくる「お札はがし」の文脈と重なり合っているのである。

※参考文献　柳亭左楽「紺屋の思染め」『口演速記明治大正落語集成　第四巻』講談社、一九八〇年。

（2）第四回本文

四

さて萩原新三郎は山本志丈と一緒に臥竜梅《がりょうばい》へ梅見に連れられ、その帰るさにかの飯島の別荘に立寄り、ふとかの嬢様の姿を思い詰め、互いにただ手を手拭《てぬぐい》の上から握り合ったばかりで、実に枕を並べて寝たよりもなお深く思い合いました。昔のものは皆こういう事に固うございました。ところが当節のお方はちょっと洒落《しゃれ》半分に「君ちょっと来たまえ、雑魚寝《ざこね》で。」と、男がいえば、女の方で「お戯《ふざ》けでないよ。」また男の方でも「そう君のように云っては困るねえ、否《いや》なら否だと判然《はっきり》云い給え、否ならまた外《ほか》を聞いてみよう。」と明店《あきだな》か何かを捜す気になっている位なものでございますが、萩原新三郎はあのお露どのと更に猥《いや》らしい事はいたしませんでしたが、実に枕をも並べて一ツ寝でもいたしたごとく思い詰めましたが、新三郎は人が良いものですから一人で逢いに行《ゆ》くことが出来ません、逢いに参ってもしひょっと飯島の家来にでも見付けられてはと思えば行《ゆ》く事もならず、志丈が来ればぜひお礼かたがた行《ゆ》きたいものだと思っておりましたが、志丈は一向に参りません。志丈もなかなかさるものゆえ、あの時萩原とお嬢との様子が訝《おか》しいから、もし万一《まんいち》の事があって、事の顕《あら》われた日には大変、坊主首《ぼうずッくび》を斬られなければならん、これは危険《けんのん》、君子《くんし》は危《あやう》きに近寄らずというから行《ゆ》かぬ方がよいと、二月三月四月と過ぎても一向に志丈が訪ねて来ませんから、新三郎は独《ひと》りくよくよお嬢のことばかり思い詰めて、食事もろくろく進みませんでおりますと、ある日のこと孫店《まごだな》に夫婦暮しで住む伴蔵《ともぞう》と申す者が訪ねて参り、

伴「旦那様、この頃はあなた様はどうなさいました、ろくろく御膳《ごぜん》も上《あが》りませんで、今日はお昼《ひる》食もあがりませんな。」

新「ああ食べないよ。」

伴「上《あが》らなくっちゃアいけませんよ、今の若さに一膳半ぐらいの御膳が上《あが》れんとは、私《わたくし》などは親《おや》椀《わん》で山盛りにして五、六杯も喰わなくっちゃアちっとも物を食べたような気持がいたしやせん、あなた様はちっとも外出《そとで》をなさいませんな、この二月でしたっけナ、山本さんと御一緒に梅見にお出掛けになって、何か洒落《しゃれ》をおっしゃいましたっけナ、ちっと御保養をなさいませんと本当に毒ですよ。」

新「伴蔵貴様はあの釣《つり》が好きだっけな。」

伴「へい釣は好きのなんのッて、本当にお飯《まんま》より好きでございます。」

新「さようか、そうならば一緒に釣に出掛けようかのう。」

伴「あなたはたしか釣はお嫌いではありませんか。」

新「何《なん》だか急にむかむかと釣が好きになったよ。」

伴「へい、むかむかとお好きになって、そしてどちらへ釣にいらっしゃるおつもりで。」

新「そうサ、柳島の横川で大層釣れるというからあそこへ往《ゆ》こうか。」

伴「横川というのはあの中川へ出るところですかえ、そうしてあんなところで何が釣れますえ。」
新「大きな鰹《かつお》が釣れるとよ。」
伴「馬鹿な事を仰《おっ》しゃい、川で鰹が釣れますものかね、たかだか鰡鯲《いなたなご》ぐらいのものでございましょう、ともかくもいらっしゃるならばお供をいたしましょう。」
と弁当の用意をいたし、酒を吸筒《すいづつ》へ詰込みまして、神田の昌平橋《しょうへいばし》の船宿《ふなやど》から漁夫《りょうし》を雇い乗出《のりだ》しましたれど、新三郎は釣はしたくはないが、ただ飯島の別荘のお嬢の様子を垣の外からなりとも見ましょうとの心組《こゝろぐみ》でございますから、新三郎は持って来た吸筒の酒にグッスリと酔って、船の中で寝込んでしまいましたが、伴蔵は一人で日の暮《くれ》るまで釣をいたしていましたが、新三郎が寝たようだから、
伴「旦那え旦那え、お風をひきますよ、五月頃はとかく冷えますから、旦那え旦那え、これはあまりお酒を勧めすぎたかな。」
新三郎はふと見ると横川のようだから、
新「伴蔵ここはどこだ。」
伴「へいここは横川です。」
と云われて傍《かたえ》の岸辺を見ますと、二重の建仁寺《けんにんじ》の垣に潜《くぐ》り門がありましたが、これは確《たしか》に飯島の別荘と思い、
新「伴蔵やちょっとここへ着けてくれ、ちょっと行って来る所があるから。」

伴「こんなところへ着けてどちらへいらっしゃるのですえ、私《わっち》も御一緒に参りましょう。」
新「お前はそこに待っていなよ。」
伴「だってそのための伴蔵ではございませんか、お供をいたしましょう。」
新「野暮《やぼ》だのう、色にはなまじ連れは邪魔よ。」
伴「イヨお洒落《しゃれ》でげすね、宜《よ》うがすねえ。」
という途端に岸に船を着けましたから、新三郎は飯島の門の処へまいり、ブルブル慄《ふる》えながらそっと家《うち》の様子を覗《のぞ》き、門が少し明いてるようだから押して見ると明いたから、ずっと中へはいり、かねて勝手を知っている事ゆえ、だんだんと庭伝いに参り、泉水縁《せんすいべり》に赤松の生えてあるところから生垣《いけがき》に附いて廻れば、ここは四畳半にて嬢様のお部屋でございました。お露も同じ思いで、新三郎に別れてからその事ばかり思い詰め、三月から煩《わずら》っておりますところへ、新三郎は折戸《おりど》のところへ参り、そっとうちの様子を覗《のぞ》き込みますと、うちでは嬢様は新三郎の事ばかり思い続けて、誰《たれ》を見ましても新三郎のように見えるところへ、本当の新三郎が来た事ゆえ、ハッと思い「あなたは新三郎さまか。」と云えば、
新「静かに静かに、その後《ご》は大層に御無沙汰をいたしました、ちょっとお礼に上《あが》るんでございましたが、山本志丈があれぎり参りませんものですから、私《わたくし》一人ではなにぶん間が悪くッて上りませんだった。」
露「よくまアいらっしゃいました。」

ともう恥しいことも何も忘れてしまい、無理に新三郎の手を取ってお上《あが》り遊ばせと蚊帳《かや》の中へ引きずり込みました。お露はただもう嬉しいのが込み上げて物が云われず、新三郎の膝に両手を突いたなりで、嬉し涙を新三郎の膝にホロリと零《こぼ》しました。これが本当の嬉し涙です。他人のところへ悔《くや》みに行って零す空涙《そらなみだ》とは違います。新三郎ももうこれまでだ、知れても構わんと心得、蚊帳の中《うち》で互《たがい》に嬉しき枕をかわしました。

露「新三郎さま、これは私《わたくし》の母《かか》さまから譲られました大事な香箱《こうばこ》でございます、どうか私の形見《かたみ》と思召《おぼしめ》しお預り下さい。」

と差出《さしだ》すを手に取って見ますと、秋野に虫の象眼入《ぞうがんいり》の結構な品で、お露はこの蓋《ふた》を新三郎に渡し、自分はその身の方《ほう》を取って互に語り合うところへ、隔《へだ》ての襖《ふすま》をサラリと引き明けて出て来ましたは、おつゆの親御《おやご》飯島平左衛門様でございます。両人はこの体《てい》を見てハッとばかりにびっくりいたしましたが、逃げることもならず、ただうろうろしているところへ、平左衛門は雪洞《ぼんぼり》をズッと差《さし》つけ、声を怒《いか》らし、

平「コレ露これへ出ろ、また貴様は何者だ。」

新「へい、手前は萩原新三郎と申す粗忽《そこつ》の浪士でございます、誠に相済みません事をいたしました。」

平「露、手前はヤレ国がどうのこうの云うの、親父《おやじ》がやかましいの、どうか閑静なところへ行《ゆ》きたいのと、さまざまの事を云うから、この別荘におけば、かようなる男を引きずり込み、親の目を

掠《かす》めて不義を働きたいために閑地《かんち》へ引込《ひきこ》んだのであろう、これかりそめにも天下御直参《ごじきさん》の娘が、男を引入れるという事がパッと世間に流布《るふ》いたせば、飯島は家事不取締《かじふとりしまり》だと云われ家名《かめい》を汚《けが》し、第一御先祖へ対して相済まん、不孝不義の不届《ふとどき》ものめが、手打《てうち》にするから左様心得ろ。」

新「しばらくお待ち下さい、そのお腹立《はらだち》は重々《じゅうじゅう》御尤《ごもっとも》でございますが、お嬢様が私《わたくし》を引きずり込み不義を遊ばしたのではなく、手前がこの二月始めて罷出《まかりい》でまして、お嬢様を唆《そその》かしたので、全く手前の罪でお嬢様には少しもお科《とが》はございません、どうぞ嬢様はお助けなすって私を。」

露「いいえ、お父様私《とっさまわたくし》が悪いのでございます、どうぞ私をお斬り遊ばして、新三郎様をばお助け下さいまし。」

と互《たがい》に死を争いながら平左衛門の側へ摺寄《すりよ》りますと、平左衛門は剛刀《ごうとう》をスラリと引抜《ひきぬ》き、誰彼《たれかれ》と容《よう》赦《しゃ》はない、不義は同罪、娘から先へ斬る、観念しろ。と云いさま片手なぐりにヤッと下《くだ》した腕の冴《さ》え、島田の首がコロリと前へ落ちました時、萩原新三郎はアッとばかりに驚いて前へのめるところを、頬《ほほ》より腮《あご》へ掛けてヅンと切られ、ウーンと云って倒れると、

伴「旦那え旦那え大層魘《うな》されていますね、恐《おそろ》しい声をしてびっくりしました、風邪を引くといけませんよ。」

と云われて新三郎はやっと目を覚《さま》し、ハアと溜息《ためいき》をついているから、

伴「どうなさいましたか。」

新「伴蔵やおれの首が落ちてはいないか。」

と問われて、
伴「そうですねえ、船舷《ふなべり》で煙管《きせる》を叩くと能《よ》く雁首《がんくび》が川の中へ落っこちて困るもんですねえ。」
新「そうじゃアない、おれの首が落ちはしないかという事よ、どこにも疵《きず》が付いてはいないか。」
伴「何を御冗談を仰《おっ》しゃる、疵も何もありはいたしません。」
と云う。新三郎はお露にどうにもして逢いたいと思い続けているものだから、その事を夢に見てビッショリ汗をかき、辻占《つじうら》が悪いから早く帰ろうと思い「伴蔵早く帰ろう。」と船を急がして帰りまして、船が着いたから上《あが》ろうとすると、
伴「旦那ここにこんな物が落ちております。」
と差出《さしいだ》すを新三郎が手に取上《とりあ》げて見ますれば、飯島の娘と夢のうちにて取交《とりかわ》した、秋野に虫の模様の付いた香箱の蓋ばかりだから、ハッとばかりに奇異《きたい》の想《おもい》をいたし、どうしてこの蓋が我手《わがて》にある事かとびっくりいたしました。

〈第四回解説〉

舞台は、柳島の横川。登場人物は、萩原新三郎、伴蔵、お露、飯島平左衛門。

この回は、お露に思い焦がれる新三郎が、伴蔵を引き連れて柳島の横川に釣りに行って夢の中でお

図 6-2　柳島橋附近より当時の横川と思われる横十間川を望む。（撮影＝編集部）

露と出会う逢引の場となっている。前回まで内気であったはずの青年は、夢の中とはいえ「野暮だのう、色にはなまじ連れは邪魔よ」などと粋がったせりふを吐いて、自分からお露の部屋に侵入する。

前回は手拭いの上から手を握り合っただけのお露と新三郎はここで初めて「嬉しき枕」を交わすのである。もちろんこれは語り手によって、釣舟で眠り込んでしまった新三郎の夢の中で起きた出来事だと後になって報告されるが、新三郎が目を覚ますと契った時にお露から形見として受け取った香箱の蓋がなぜか手元に置いてある。お露と新枕を交わし、そのことが平左衛門に露顕して斬られたのは夢か現かというところで、まさしく『牡丹燈籠』は怪談噺となるための分岐点に差しかかっている。「刀屋」系統の第三回において剣術の名手であると強調されているために、平左衛門が刀を抜いてお露の首を刎ね、新三郎の頬から顎へと一太刀を浴びせる場面には説得力がある。四畳半というお露の部屋が、恋人同士の匂い立つ仲睦まじさから一転して生臭い血みどろの惨劇へと切り替わっているが、この場面でのお露はまるで自分の死を予期していたかのように、斬られる前に新三郎にわざわざ形見として香箱の蓋を渡しているのである。

夢の中の場面で、柳島の寮まで会いに出かけた新三郎だけでなく待っていたお露の方も三カ月間思い煩っていたのだと言われている。食事も喉を通らずにくよくよと思い悩んでいたという「恋煩い」のモチーフは落語でお馴染みのものである。『牡丹燈籠』においては恋人同士が香箱の蓋と箱を形見として分かち持つことになっているが、「恋煩い」の演目においてはいつでも初心な男女が死を賭して煩いつくところから物語が開始する。

〈落語ガイド②「崇徳院」〉

男女がお互いに煩いつく噺として『崇徳院』が知られているが、ここでは商家の若旦那が花見の茶店で偶然隣に座ったお嬢さんに一目惚れをして、その時にもらった扇を手がかりにお嬢さんを探すという内容になっている。もちろん笑話である『崇徳院』で実際に登場人物が「恋煩い」で死ぬことなどない。しかしお嬢さんからもらった崇徳院様の下の句が呪詛となり、跡取り息子でもある若旦那が徐々に憔悴して本当に死ぬ可能性があると父親を筆頭に商家の誰もが信じ込んでいるからこそ、ここでの「迷子探し」は、舞台裏で異様に高まった緊張感を帯びていくのである。このようにして「恋煩いで人は死ぬ」という落語の世界の常識は、怪談となる「お札はがし」の物語においても決して外すことのできない要件となっている。
※参考文献　三遊亭圓右「さら屋」『口演速記明治大正落語集成　第六巻』講談社、一九八〇年。

(3) 第六回本文

六

萩原新三郎は、独りクヨクヨとして飯島のお嬢の事ばかり思い詰めていますところへ、折《おり》しも六月二十三日の事にて、山本志丈が訪ねて参りました。

志「その後《ご》は存外の御無沙汰をいたしました、ちょっと伺《うかが》うべきでございましたが、如何《いか》にも麻布《あざぶ》辺からの事ゆえ、おッくうでもありかつおいおいお熱くなって来たゆえ、藪医《やぶい》でも相応に病家《びょうか》もあり、何やかやで意外の御無沙汰、あなたはどうもお顔の色が宜《よ》くない、なにお加減がわるいと、それはそれは。」

新「なにぶんにも加減がわるく、四月の中旬頃《なかばごろ》からどっと寝ております、飯もろくろくたべられない位で困ります、お前さんもあれぎり来ないのはあんまり酷《ひど》いじゃアありませんか、私《わたくし》も飯島さんのところへ、ちょっと菓子折《かしおり》の一つも持ってお礼に行《ゆ》きたいと思っているのに、君が来ないから私は行《ゆ》きそこなっているのです。」

志「さて、あの飯島のお嬢も可愛《かわい》そうに亡くなりましたよ。」

新「ええお嬢が亡くなりましたとえ。」

志「あの時僕が君を連れて行ったのが過《あやま》りで、向うのお嬢がぞっこん君に惚《ほ》れ込んだ様子だ、あの時何か小座敷で訳があったに違いないが、深い事でもなかろうが、もしその事が向うの親父《おやじ》さまにでも知れた日には、志丈が手引《てびき》した憎い奴め、斬ってしまう、坊主首《ぼうずッくび》を打《ぶ》ち落す、といわれては僕も困るから、実はあれぎり参りもせんでいたところ、ふとこの間飯島のお邸《やしき》へまいり、平左衛門様にお目にかかると、娘は歿《みま》かり、女中のお米も引続《ひきつゞ》き亡くなったと申されましたから、だんだん様子を聞きますと、全く君に焦《こが》れ死《じに》をしたという事です、本当に君は罪造りですよ、男もあんまり美《よ》く生れると罪だねえ、死んだものは仕方がありませんからお念仏でも唱えてお上げなさい、さようなら。」

新「あれさ志丈さん、ああ往《い》ってしまった、お嬢が死んだなら寺ぐらいは教えてくれればいいに、聞こうと思っているうちに行ってしまった、いけないねえ、しかしお嬢は全くおれに惚れ込んでおれを思って死んだのか。」

と思うとカッと逆上《のぼ》せて来て、根が人がよいからなおなお気が欝々《うつうつ》して病気が重くなり、それからはお嬢の俗名《ぞくみょう》を書いて仏壇に備え、毎日毎日念仏三昧《ざんまい》で暮しましたが、今日しも盆の十三日なれば精霊棚《しょうりょうだな》の支度《したく》などをいたしてしまい、縁側へちょっと敷物を敷き、蚊遣《かやり》を薫《くゆ》らして新三郎は白地の浴衣《ゆかた》を着、深草形《ふかくさがた》の団扇《うちわ》を片手に蚊を払いながら、冴《さ》え渡る十三日の月を眺めていますと、カラコンカラコンと珍らしく下駄の音をさせて生垣《いけがき》の外を通るものがあるから、ふと見れば、先《さ》きへ立ったのは年頃三十位の大丸髷《おおまるまげ》の人柄のよい年増《としま》にて、その頃流行《はや》った縮緬細工《ちりめんざいく》の牡丹芍薬《ぼたんしゃくやく》などの花の附いた燈籠《とうろう》を提《さ》げ、その後《あと》から十七、八とも思われる娘が、髪は文金《ぶんきん》の高髷《たかまげ》に結い、着物は秋草色染《あきくさいろぞめ》の振袖《ふりそで》に、緋縮緬《ひぢりめん》の長襦袢《ながじゅばん》に繻子《しゅす》の帯をしどけなく締め、上方風《かみがたふう》の塗柄《ぬりえ》の団扇《うちわ》を持って、ぱたりぱたりと通る姿を、月影に透《すか》し見るに、どうも飯島の娘お露のようだから、新三郎は伸び上《あが》り、首を差し延べて向うを見ると、向うの女も立止まり、

女「まア不思議じゃアございませんか、萩原様。」

と云われて新三郎もそれと気が付き、

新「おや、お米さん、まアどうして。」

米「誠に思いがけない、あなた様はお亡くなり遊ばしたという事でしたに。」

新「へえ、ナニあなたの方でお亡くなり遊ばしたと承わりましたが。」

米「厭《いや》ですよ、縁起の悪い事ばかり仰しゃって、誰がさような事を申しましたえ。」

新「まアおはいりなさい、そこの折戸《おりど》のところを明けて。」

と云うから両人内へはいれば、

新「誠に御無沙汰をいたしました、先日山本志丈が来まして、あなた方御両人ともお亡くなりなすったと申しました。」

米「おやまアあいつが、私《わたくし》の方へ来てもあなたがお亡くなり遊ばしたといいましたが、私の考えでは、あなた様はお人がよいものだから旨く瞞《だま》したのです、お嬢様はお邸《やしき》に入らっしゃってもあなたの事ばかり思っていらっしゃるものだから、つい口に出て迂潤《うっか》りと、あなたの事を仰しゃるのが、ちらちらと御親父様《ごしんぷさま》のお耳にもはいり、また内にもお国という悪い妾がいるものですから邪魔を入れて、志丈に死んだと云わせ、互《たがい》に諦めさせようと、国の畜生がした事に違いはありませんよ、あなたがお亡くなり遊ばしたという事をお聞き遊ばして、お嬢様はおいとしいこと、剃髪《ていはつ》して尼になってしまうと仰しゃいますゆえ、そんな事をなすっては大変ですから、心でさえ尼になった気でいらっしゃれば宜《よろ》しいと申上げておきましたが、それでは志丈にそんな事をいわせ、互に諦めさせて置いて、お嬢さまに婿《むこ》を取れと御親父さまから仰しゃるのを、お嬢様は、婿は取りませんからどうかお宅《うち》には夫婦養子をしてくださいまし、そして他《ほか》へ縁付くのも否《いや》だと強情をお張り遊ばしたものですから、お宅が大層に揉めて、親御《おやご》さまがそんなら約束でもした男があってそんな事を云うのだろう、と怒《おこ》っても、一人のお嬢様で斬る事も出来ませんから、太い奴だ、そういう訳なら柳島にもおく事が出来ない、放逐《ほうちく》するというので、ただ今では私とお嬢様と両人お邸《やしき》を出まして、谷中《やなか》の三崎《さんさき》へ参り、だいなしの家《いえ》にはいっておりまして、私が手内職などをして、どうかこうか暮しを付けていますが、お嬢様は毎日毎日お念仏三昧《ざんまい》でいらっしゃいますよ、今日は盆の事ですから、ほうぼうお参りにまいりまして、晩《おそ》く帰るところでございます。」

新「なんの事です、そうでございますか、私《わたくし》も嘘でも何《なん》でもありません、この通りお嬢さまの俗名を書いて毎日念仏しておりますので。」
米「それほどに思って下さるは誠に有難うございます、本当にお嬢様はたとい御勘当になっても、斬られてもいいからあなたのお情《なさけ》を受けたいと仰しゃっていらっしゃるのですよ、そしてお嬢様は今晩こちらへお泊め申しても宜しゅうございますかえ。」
新「私《わたし》の孫店《まごだな》にいる、白翁堂勇斎《はくおうどうゆうさい》という人相見《にんそうみ》が、万事私の世話をして喧《やか》ましい奴だから、それに知れないように裏からそっとおはいり遊ばせ。」
と云う言葉に随い、両人共にその晩泊り、夜《よ》の明けぬ内に帰り、これより雨の夜《よ》も風の夜も毎晩来ては夜の明けぬ内に帰る事十三日より十九日まで七日《なのか》の間重《かさ》なりましたから、両人が仲は漆《うるし》の如く膠《にかわ》の如くになりまして新三郎も現《うつつ》を抜かしておりましたが、ここに萩原の孫店《まごだな》に住む伴蔵というものが、聞いていると、毎晩萩原の家《うち》にて夜夜《よるよ》中《なか》女の話声《はなしごえ》がするゆえ、伴蔵は変に思いまして、旦那は人がよいものだから悪い女に掛り、騙《だま》されては困ると、そっと抜け出て、萩原の家《うち》の戸の側へ行って家の様子を見ると、座敷に蚊帳《かや》を吊り、床《とこ》の上に比翼蓙《ひよくござ》を敷き、新三郎とお露と並んで坐っているさまは真《まこと》の夫婦のようで、今は恥かしいのも何も打忘《うちわす》れてお互いに馴々《なれなれ》しく、
露「アノ新三郎様、私《わたくし》がもし親に勘当されましたらば、米と両人をお宅《うち》へ置いて下さいますかえ。」
新「引取《ひきと》りますとも、あなたが勘当されれば私は仕合《しあわ》せですが一人娘ですから、御勘当なさる気《き》遣《づか》いはありません、かえって後《あと》で生木《なまき》を割《さ》かれるような事がなければ宜《い》いと思って私は苦労でなり

ませんよ。」

露「私《わたくし》はあなたより外《ほか》に夫《おっと》はないと存じておりますから、たとえこの事がお父《とっ》さまに知れて手打《てうち》になりましても、あなたの事は思い切れません、お見捨てなさるとききませんよ。」

と膝に凭《もた》れ掛りて睦《むつ》ましく話をするは、よっぽど惚《ほ》れている様子だから、
伴「これは妙な女だ、あそばせ言葉で、どんな女かよく見てやろう。」

と差し覗《のぞ》いてハッとばかりに驚き、化物《ばけもの》だ化物だ、と云いながら真青《まっさお》になって夢中で逃出《にげだ》し、白翁堂勇齋のところへ往《ゆ》こうと思って駈出《かけだ》しました。


〈第六回解説〉

舞台は、根津清水谷にある萩原宅。登場人物は、山本志丈、萩原新三郎、お米、お露、伴蔵。

この回は、お露が「恋煩い」で死んだと聞かされていた新三郎が、盆の入りである七月の十三日にお露と再び巡り合う邂逅の場となっている。

ここで初めて世に名高い「幽霊の足音」と呼ばれる場面が出てくるのだが、円朝の速記ではもったいぶった演出もなく「カラコンカラコン」と素っ気ない。萩原宅の生垣の前をお露が通り過ぎるのを新三郎が誰かと思って伸び上がって見たところ、縮緬細工の牡丹花の付いた燈籠を掲げて先導するお

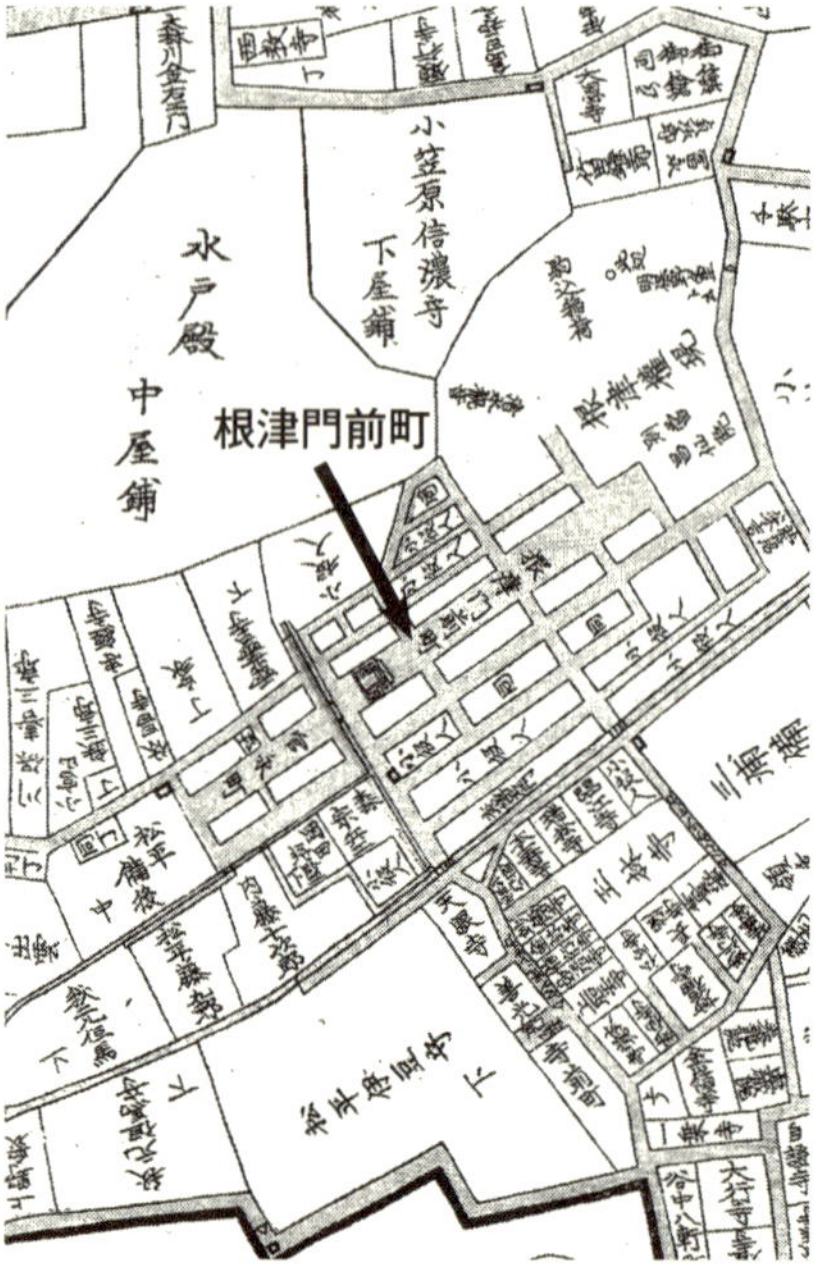

図 6-2　根津清水谷は根津神社の門前町の一部。現在の文京区根津一丁目、文京区立根津小学校のあるあたりをかつて根津清水町と呼んだ。

米が「まア不思議じゃアございませんか、萩原様」と声を掛けるのである。足早にとは言わないまでも、「カラコンカラコン」と聞く限りお露の歩行速度は特別に遅いわけではなさそうである。つまり、お露は普通に歩いて萩原宅を通り過ぎようとしているように聞こえる。ここで語り手は、文金の高島田、秋草色の振袖、緋縮緬の長襦袢、塗柄の団扇と着飾ったお露の服装をこれまでになく詳細に報告している。第二回、第四回と、美しさや奇麗さに対する描写は見られたものの、自然主義的とも言えそうなお露についての物質描写がこれほど頻出するのはここが初めてである。つまり「器量良し」のような抽象的な表現から、お露の存在感を一気に増幅させているのがこの場面の特徴であり、これから徐々に怪談じみてくる物語の導入部となっている。

お米からその後のようすを聞いた上で、新三郎はお露を家の中へと招き入れる。そして再び三々九度の盃を交わし、夢の中でのしのび遭いを経て、二月の梅見から数えて五か月ぶりの逢瀬がついに実現する時に、お米はお露が飯島家から勘当され平左衛門に斬られる覚悟で新三郎への想いを貫いてきたことを切々と語る。この「命懸けの恋」であるという弁明が「初恋」の妄執に絡め捕られている新三郎の心に響かないわけはなく、その日から七晩に渡って二人は逢引を重ねていく。そしてついに七日目の晩に、萩原の屋敷内に住む伴蔵が、独身者であるはずの新三郎の家から女の声が聞こえるのに気づいて中を覗き、そこで驚いて「化物だ化物だ」と喚き立てるところでこの回は幕となる。

この場面では伴蔵の「覗き見」が契機となって真相が明らかになるという展開を見せる。いるはずのない者の声に不審を覚えた第三者が、障子や生垣の隙間から覗き見るとその相手はこの世のものではない。しかし、たとえ何か異形のものであっても、煩うほどの恋心に溺れている当事者たちにとって、そのような真相は事後的にしか判明しないのであって、ここにこそ因果譚の原理がある。つまり「覗き見」の時点で、すでに七日に渡って死霊となったお露と枕を共にしているため結果として新三郎の死相はもはや避け難いものになっているのである。このようにして怪談噺の悪因縁はいつでも時間的に遡る形で物語を構造化する。

〈落語ガイド③「お若伊之助」〉

夜な夜な通ってくる相手が人間ではなく実は化物だったという筋書きは、いわゆる笑話としての落し噺ではないが、円朝作とされる『因果塚の由来』でも見て取れる。この話は別名を『お若伊之助』と言い、大家の子女であるお若と美男子の芸人である伊之助が男女の仲になってしまうが、母

（4）第八回本文

親がそのことを疎んじてお若は根岸の伯父の家に預けられる。そんな折、根岸の家に夜な夜な伊之助らしき男が通っていることが発覚した。しかしながら伊之助は前の晩に大工の勝五郎と吉原に行って一晩中いっしょにいたため、根岸に来るのは不可能だった。そこでお若の伯父と勝五郎は見張りをすることにしたのだが、やはり通ってきた男はどう見ても伊之助にしか見えないので、伯父は意を決して六連発銃でその男を撃ち殺す。倒れていた死体を見てみると年齢を重ねた古狸で、それがお若の慕情を察知して伊之助に化けお若をたぶらかして慰み者にしていたのだという真相が明らかになる。その後、お若は古狸の子種で双子を産んだ後にこの世を厭い出家するのだが、この内容は根岸にあるとされた因果塚の由来を語る縁起譚の発端に過ぎず、「離魂病」という二重分身をテーマにした悪因縁の物語はさらに続いていく。以上のような筋書きから、この『因果塚の由来』は幽霊が出るわけではないが、巡る因果の恐ろしさを説く怪談じみた内容になっている。

※三遊亭円朝「離魂病 一名因果塚の由来」『円朝全集 第十一巻』岩波書店、二〇一四年。
※春風亭柳枝「お若伊之助」『口演速記明治大正落語集成 第四巻』講談社、一九八〇年。

萩原の家《うち》で女の声がするから、伴蔵が覗《のぞ》いてびっくりし、ぞっと足元から総毛立《そうけだ》ちまして、物をも云わず勇齋《ゆうさい》のところへ駆込《かけこ》もうとしましたが、怖いから先《ま》ず自分の家《うち》へ帰り、小さくなって寝てしまい、夜《よ》の明けるのを待《まち》かねて白翁堂《はくおうどう》の宅《うち》へやって参り、

伴「先生先生。」
勇「誰だのウ。」
伴「伴蔵でごぜえやす。」
勇「なんだのウ。」
伴「先生ちょっとここを明けて下さい。」
勇「大層早く起きたのウ、お前《めえ》には珍らしい早起《はやおき》だ、待て待て今明けてやる。」
と掛鐶《かきがね》を外《はず》し明けてやる。
伴「大層真暗《まっくら》ですねえ」
勇「まだ夜《よ》が明けきらねえからだ、それにおれは行燈《あんどん》を消して寝るからな。」
伴「先生静かにおしなせえ。」
勇「手前《てめえ》が慌《あわ》てているのだ、なんだ何しに来た。」
伴「先生萩原さまは大変ですよ。」
勇「どうかしたか。」
伴「どうかしたかの何《なん》のという騒ぎじゃございやせん、私《わっち》も先生もこうやって萩原様の地面内《じめんうち》に

孫店《まごだな》を借りて、お互いに住《すま》っており、その内でも私《わっち》はなお萩原様の家来同様に畑をうなったり庭を掃いたり、使い早間《はやま》もして、嬶《かかあ》は濯《すす》ぎ洗濯をしておるから、店賃《たなちん》もとらずに偶《たま》には小遣《こづかい》を貰ったり、衣物《きもの》の古いのを貰ったりする恩のあるその大切な萩原様が大変な訳だ、毎晩女が泊りに来ます。」

勇「若くって独身者《ひとりもの》でいるから、随分女も泊りに来るだろう、しかしこの女は人の悪いようなものではないか。」

伴「なに、そんな訳ではありません、私《わっち》が今日用が有って他《ほか》へ行って、夜中《やちゅう》に帰《けえ》ってくると、萩原様の家《うち》で女の声がするからちょっと覗《のぞ》きました。」

勇「わるい事をするな。」

伴「するとね、蚊帳《かや》がこう吊《つ》ってあって、その中に萩原様と綺麗な女がいて、その女が見捨ててくださるなというと、生涯見捨てはしない、たとえ親に勘当されても引取《ひきと》って女房にするから決して心配するなと萩原様がいうと、女が私《わたくし》は親に殺されてもお前《まえ》さんの側《そば》は放れませんと、互いに話しをしていると。」

勇「いつまでもそんな所を見ているなよ。」

伴「ところがねえ、その女がただの女じゃアないのだ。」

勇「悪党か。」

伴「なに、そんな訳じゃアない、骨と皮ばかりの痩《や》せた女で、髪は島田に結って鬢《びん》の毛が顔に下《さが》り、真青《まっさお》な顔で、裾《すそ》がなくって腰から上ばかりで、骨と皮ばかりの手で萩原様の首ったまへかじりつくと、萩原様は嬉しそうな顔をしていると其の側に丸髷《まるまげ》の女がいて、こいつも痩《やせ》て骨と皮ばかりで、ズッと立上《たちあが》ってこちらへくると、やっぱり裾が見えないで、腰から上ばかり、まるで絵に描《か》いた幽霊の通り、それを私《わっち》が見たから怖くて歯の根も合わず、家《うち》へ逃げ帰《けえ》って今まで黙っていたんだが、どういう訳で萩原様があんな幽霊に見込まれたんだか、さっぱり訳が分りやせん。」

勇「伴蔵本当か。」

伴「ほんとうか嘘かと云って馬鹿馬鹿しい、なんで嘘を云いますものか、嘘だと思うならお前さん今夜行って御覧なせえ。」

勇「おらアいやだ、ハテナ昔から幽霊と逢引《あいびき》するなぞという事はない事だが、もっとも支那の小説にそういう事があるけれども、そんな事はあるべきものではない、伴蔵嘘ではないか。」

伴「だから嘘なら行って御覧なせえ。」

勇「もう夜《よ》も明けたから幽霊ならいる気遣《きづか》いはない。」

伴「そんなら先生、幽霊と一緒に寝れば萩原様は死にましょう。」

勇「それは必ず死ぬ、人は生きている内は陽気盛んにして正しく清く、死ねば陰気盛んにして邪《よこしま》に穢《けが》れるものだ、それゆえ幽霊と共に偕老同穴《かいろうどうけつ》の契《ちぎり》を結べば、たとえ百歳の長寿を保つ命もそのために精血《せいけつ》を減らし、必ず死ぬるものだ。」

伴「先生、人の死ぬ前には死相《しそう》が出ると聞いていますが、お前さんちょっと行って萩原様を見たら知れましょう。」

勇「手前も萩原は恩人だろう、おれも新三郎の親萩原新左衛門《しんざえもん》殿の代から懇意にして、親御《おやご》の死ぬ時に新三郎殿の事をも頼まれたから心配しなければならない、この事は決して世間の人に云うなよ。」

伴「ええええ嬶《かかあ》にも云わない位な訳ですから、何《なん》で世間へ云いましょう。」

勇「きっと云うなよ、黙っておれ。」

その内に夜《よ》もすっかり明け放《はな》れましたから、親切な白翁堂は藜《あかざ》の杖をついて、伴蔵と一緒にポクポク出懸けて、萩原の内へまいり、

「萩原氏《うじ》萩原氏。」

新「どなた様でございます。」

勇「隣の白翁堂です。」

新「お早い事、年寄は早起《はやおき》だ。」

などと云いながら戸を引明《ひきあ》け「お早うございました、何か御用ですか。」

勇「あなたの人相を見ようと思って来ました。」

新「朝っぱらから何《なん》でございます、一つ地面内《うち》におりますからいつでも見られましょうに。」

勇「そうでない、お日さまのお上《あが》りになろうとするところで見るのが宜《よ》いので、あなたとは親御《おやご》の時分から別懇《べっこん》にした事だから。」

と懐《ふところ》より天眼鏡《てんがんきょう》を取出して、萩原を見て、

新「なんですねえ。」
勇「萩原氏、あなたは二十日《はつか》を待たずして必ず死ぬ相《そう》がありますよ。」
新「へえ私《わたくし》が死にますか。」
勇「必ず死ぬ、なかなか不思議な事もあるもので、どうも仕方がない。」
新「へえそれは困った事で、それだが先生、人の死ぬ時はその前に死相の出るという事はかねて承わっており、殊《こと》にあなたは人相見の名人と聞いておりますし、また昔から陰徳《いんとく》を施《ほどこ》して寿命を全くした話も聞いていますが、先生どうか死なない工夫はありますまいか。」
勇「その工夫は別にないが、毎晩あなたのところへ来る女を遠ざけるより外《ほか》に仕方がありません。」
新「いいえ、女なんぞは来やアしません」
勇「そりゃアいけない、昨夜覗《のぞ》いて見たものがあるのだが、あれは一体何者です。」
新「あなた、あれは御心配をなさいまする者ではございません。」
勇「これほど心配になる者はありません。」
新「ナニあれは牛込の飯島という旗本《はたもと》の娘で、訳あってこの節は谷中の三崎村《さんさき》へ、米《よね》という女中と二人で暮しているも、皆《みん》な私《わたくし》ゆえに苦労するので、死んだと思っていたのにこの間図《はか》らず出逢い、その後《のち》はたびたび逢引《あいびき》するので、私はあれを行く行《ゆ》くは女房に貰うつもりでございます。」
勇「飛んでもない事をいう、毎晩来る女は幽霊だがお前知らないのだ、死んだと思ったならなおさら幽霊に違いない、そのマア女が糸のように痩《や》せた骨と皮ばかりの手で、お前さんの首ッたまへかじり付くそうだ、そうしてお前さんはその三崎村にいる女の家《うち》へ行った事があるか。」といわれて行った事はない、逢引したのは今晩で七日目ですがというものの、白翁堂の話に萩原も少し気味が悪くなったゆえ顔色《がんしょく》を変え、

新「先生、そんならこれから三崎へ行って調べて来ましょう」と家《うち》を立出《たちい》で、三崎へ参りて、女暮しでこういう者はないかと段々尋ねましたが、一向に知れませんから、尋ねあぐんで帰りに、新幡随院《しんばんずいいん》を通り抜けようとすると、お堂の後《うしろ》に新墓《あらはか》がありまして、それに大きな角塔婆《かくとうば》があって、その前に牡丹《ぼたん》の花の綺麗な燈籠《とうろう》が雨ざらしになってありまして、この燈籠は毎晩お米が点《つ》けて来た燈籠に違いないから、新三郎はいよいよ訝《おか》しくなり、お寺の台所へ廻り、

新「少々伺《うかが》いとう存じます、あすこの御堂《おどう》の後《うしろ》に新らしい牡丹の花の燈籠を手向《たむ》けてあるのは、あれはどちらのお墓でありますか。」

僧「あれは牛込のお旗本《はたもと》飯島平左衛門様の娘で、先達《さきだっ》て亡くなりまして、全体法住寺《ほうじゅうじ》へ葬むるはずのところ、当院は末寺《まつじ》じゃからこちらへ葬むったので。」

新「あの側に並べてある墓は。」

僧「あれはその娘のお附《つき》の女中でこれも引続き看病疲れで死去いたしたから、一緒に葬られたので。」

新「そうですか、それでは全く幽霊で。」
僧「なにを。」
新「なんでも宜《よろ》しゅうございます、さようなら。」
と云いながらびっくりして家《うち》に駈け戻りこの趣《おもむき》を白翁堂に話すと、
勇「それはまア妙な訳で、驚いた事だ、なんたる因果な事か、惚《ほ》れられるものに事を替えて幽霊に惚れられるとは。」
新「どうもなさけない訳でございます、今晩もまたまいりましょうか。」
勇「それは分らねえな、約束でもしたかえ。」
新「へえ、あしたの晩きっと来る、と約束をしましたから、今晩どうか先生泊って下さい。」
勇「真平御《まっぴらご》免《めん》だ。」
新「占いでどうか来ないようになりますまいか。」
勇「占いでは幽霊の所置《しょち》は出来ないが、あの新幡随院の和尚はなかなかに豪《えら》い人で、念仏修業の行者で私も懇意だから手紙をつけるゆえ、和尚のところへ行って頼んで御覧。」
と手紙を書いて萩原に渡す。萩原はその手紙を持ってやってまいり、「どうぞこの書面を良石《りょうせき》和尚様へ上げて下さいまし。」と、差出すと、良石和尚は白翁堂とは別ならぬ間柄ゆえ、手紙を見て直《すぐ》に萩原を居間へ通せば、和尚は木綿の座蒲団に白衣《びゃくえ》を着て、その上に茶色の衣《ころも》を着て、当年五十一歳の名僧、寂寞《じゃくまく》としてちゃんと坐り、なかなかに道徳いや高く、念仏三昧という有様《ありさま》で、新三郎は自然《ひとりで》に頭が下《さが》る。

良「はい、お前が萩原新三郎さんか。」

新「へえ粗忽《そこつ》の浪士萩原新三郎と申します、白翁堂の書面の通り、何《なん》の因果か死霊に悩まされ難《なん》渋《じゅう》をいたしますが、貴僧の御法《ごほう》を以《もっ》て死霊を退散するようにお願い申します。」

良「こちらへ来なさい、お前に死相が出たという書面だが、見てやるからこちらへ来なさい、なるほど死ぬなア近々《きんきん》に死ぬ。」

新「どうかして死なないように願います。」

良「お前さんの因縁《いんねん》は深しい訳のある因縁じゃが、それをいうても本当にはせまいが、何しろ口《くや》惜《し》くて祟《たた》る幽霊ではなく、ただ恋しい恋しいと思う幽霊で、三世《さんせ》も四世も前から、ある女がお前を思うて生きかわり死にかわり、容《かたち》は種々《いろいろ》に変えて附纏《つきまと》うているゆえ、遁《のが》れ難《がた》い悪因縁があり、どうしても遁れられないが、死霊除《しりょうよけ》のために海音如来《かいおんにょらい》という大切の守りを貸してやる、その内に折角施《せ》餓鬼《がき》をしてやろうが、其のお守《まもり》は金無垢《きんむく》じゃに依《よ》って人に見せると盗まれるよ、丈《たけ》は四寸二分で目方も余程あるから、慾の深い奴は潰《つぶ》しにしてもよほどの値《ねうち》だから盗むかも知れない、厨子《ずし》ごと貸すにより胴巻《どうまき》に入れて置くか、身体《からだ》に脊負《せお》うておきな、それからまたここにある雨宝陀羅尼経《うほうだらにぎょう》というお経をやるから読誦《どくじゅ》しなさい、この経は宝を雨ふらすと云うお経で、これを読誦すれば宝が雨のように降るので、慾張《よくばっ》たようだが決してそうじゃない、これを信心すれば海の音という如来さまが降って来るというのじゃ、この経は妙月長者《みょうげっちょうじゃ》という人が、貧乏人に金を施《ほどこ》して悪い病《やまい》の流行《はや》る時に救ってやりたいと思ったが、宝がないから仏の力を以《もっ》て金を貸してくれろと云ったところが、釈《しゃ》迦《か》がそれは誠に心懸《こゝろがけ》の尊《とうと》い事じゃと云って貸したのが即《すなわ》ちこのお経じゃ、また御札《おふだ》をやるから方々《ほうぼう》へ貼《は》って置いて、幽霊の入《はい》り所《どころ》のないようにして、そしてこのお経を読みなさい。」
と親切の言葉に萩原は有がたく礼を述べて立帰《たちかえ》り、白翁堂に其の事を話し、それから白翁堂も手伝ってその御札を家《うち》の四方八方へ貼り、萩原は蚊帳《かや》を吊ってその中へ入り、かの陀羅尼経を読もうとしたがなかなか読めない。曩謨《のうぼ》婆誐嚩《ばぎゃば》帝嚩囉《ていばざら》駄囉《だら》、娑誐囉《さぎゃら》捏具灑耶《にりぐしゃや》、怛陀孽多野《たたぎゃたや》、怛儞也陀《たにやた》唵素《おんそ》噌閉《ろべい》、跋捺囉嚩底《ばんだらばち》。嘈誐嚟阿《ぼうぎゃれいあ》左嚟阿《しゃれいあ》左跛嚟《しゃにれい》。何《なん》だか外国人の譫語《うわごと》のようで訳がわからない。その中《うち》上野の夜《よ》の八ツの鐘《かね》がボーンと忍《しのぶ》ヶ岡《おか》の池に響き、向《むこう》ヶ岡《おか》の清水の流れる音がそよそよと聞え、山に当る秋風の音ばかりで、陰々寂寞《いんいんせきばく》世間がしんとすると、いつもに変らず根津《ねづ》の清水の下《もと》から駒《こま》下駄《げた》の音高くカランコロンカランコロンとするから、新三郎は心のうちで、ソラ来たと小さくかたまり、額《ひたい》から腮《あご》へかけて膏汗《あぶらあせ》を流し、一生懸命一心不乱に雨宝陀羅尼経《うほうだらにきょう》を読誦していると、駒下駄の音が生垣《いけがき》の元でぱったり止《や》みましたから、新三郎は止《よ》せばいいに念仏を唱えながら蚊帳を出て、そっと戸の節穴から覗《のぞ》いて見ると、いつもの通り牡丹の花の燈籠を下げて米が先へ立ち、後《あと》には髪を文金の高髷《たかまげ》に結い上げ、秋草色染《あきくさいろぞめ》の振袖《ふりそで》に燃えるような緋縮緬《ひぢりめん》の長襦袢《ながじゅばん》、その綺麗なこと云うばかりもなく、綺麗ほどなお怖く、これが幽霊かと思えば、萩原はこの世からなる焦熱地獄《しょうねつじごく》に落ちたる苦しみです、萩原の家《うち》は四方八方にお札が貼ってあるので、二人の幽霊が臆《おく》して後《あと》へ下《さが》り、
米「嬢さまとても入れません、萩原さんはお心変りが遊ばしまして、昨晩のお言葉と違い、あな

たを入れないように戸締りがつきましたから、とても入ることは出来ませんからお諦め遊ばしませ、心の変った男はとても入れる気遣《きづか》いはありません、心の腐った男はお諦めあそばせ。」

と慰むれば、
嬢「あれほどまでにお約束をしたのに、今夜に限り戸締りをするのは、男の心と秋の空、変り果てたる萩原様のお心が情《なさけ》ない、米や、どうぞ萩原様に逢わせておくれ、逢わせてくれなければ私は帰らないよ。」

と振袖を顔に当て、さめざめと泣く様子は、美しくもありまた物凄《ものすご》くもあるから、新三郎は何も云わず、ただ南無阿弥陀仏《なむあみだぶつ》、南無阿弥陀仏。

米「お嬢様、あなたがこれほどまでに慕うのに、萩原様にゃアあんまりなお方ではございませんか、もしや裏口からはいれないものでもありますまい、いらっしゃい。」

と手を取って裏口へ廻ったがやっぱりはいられません。


〈第八回解説〉

舞台は、引き続き萩原宅。登場人物は、伴蔵、白翁堂勇斎、萩原新三郎、良石和尚。

この回は、お露とお米の正体がついに発覚することになる露顕の場となっている。

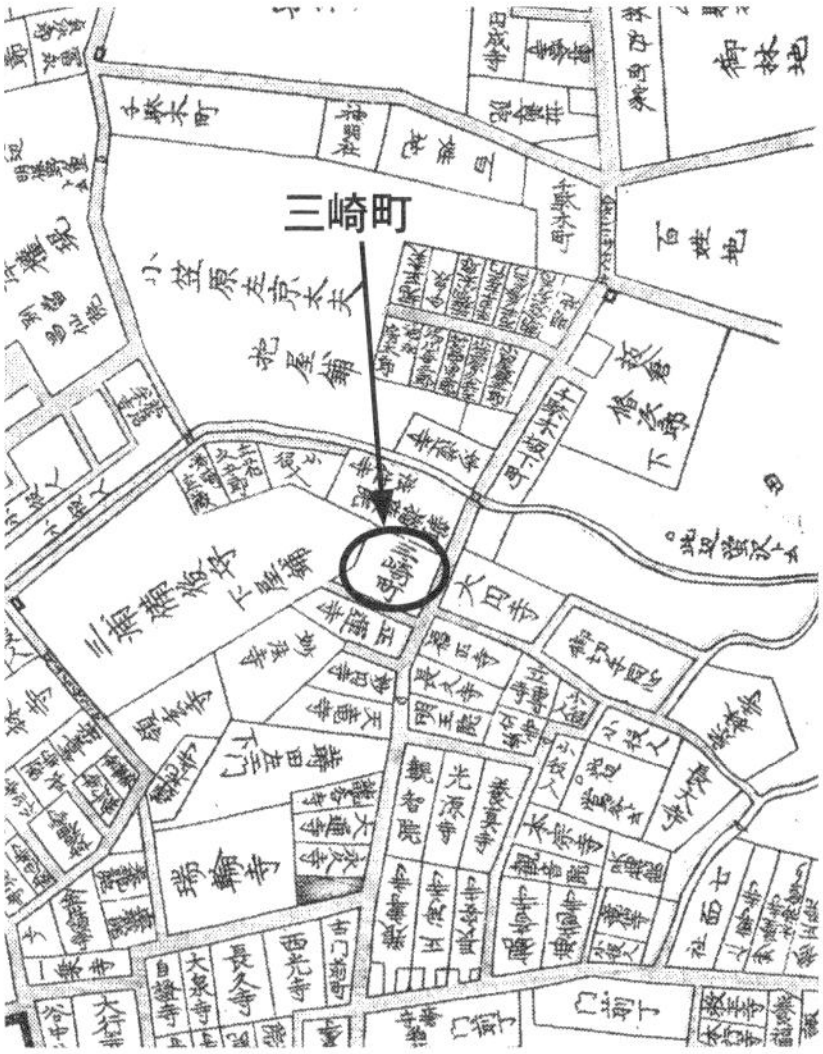

図6-3　江戸時代の谷中三崎村は大円寺の向い側にあった。新団子坂下から登る坂道を三崎坂と呼ぶ。円朝の菩提寺全生庵もこの坂の上にある。

図6-3　現在の谷中三崎坂
（撮影＝編集部）

ここでお露の駒下駄の音の演出が、前回の「カラコンカラコン」から、やや歩く速度を緩めたように「カランコロンカランコロン」と変化している点は注目に値する。第六回はお盆の十三日で、精霊棚の支度をすっかり整えた新三郎は、縁側に座って今日で言う蚊取線香のようなものを燻らせながら、月明かりの下で「カラコンカラコン」と通り過ぎようとしたお露を見かけていた。第八回は午前二時に池の端で時の鐘がボーンと響く頃、そよそよと流れる清水の音、山に当る秋風の音が聞こえるほどの静寂の中から、お露の甲高い駒下駄の音が「カランコロンカランコロン」と近づいてきては新三郎の耳に突き刺さる。死霊だと悟ってから初めて見るお露はこれまで通りの艶姿で、新三郎にとってはこれまで以上に美しく、それゆえになお恐ろしいと苦しみ悶える『牡丹燈籠』の名場面である。

〈落語ガイド④「野ざらし」〉

第八回で描かれる伴蔵が勇斎を訪ねる場面は、落語『野ざらし』と重なり合っている。明治二十六年の『百花園』所収となる三遊亭円遊口演『手向の酒』によって、今でもよく知られているこの噺の原型を私たちは読むことができる。この話は武家出身の緒方清十郎のところに前の晩女が訪ねてきたことを八五郎が不審に思い壁に穴を開けて覗き見たという報告から始まる。八五郎がそのことを問いただすと、清十郎は向島に釣りに行った時に髑髏を発見したので酒を掛けて回向してやったら、その晩に女の幽霊が現れてお礼に夜伽《よとぎ》をしてくれたのだという。それを聞いた八五郎は、自分も同じ目に遭うために向島に行き髑髏を見つけて回向してやるのだが、その時に自分の住所を事細かに説明したことで通りすがりの幇間持ちが逢引の約束だと早合点し、その晩二人を盛り上げようと八五郎宅にやってきたので幽霊と勘違いされるという筋書きになっている。ここで注意すべきなのは、緒方清十郎は女の幽霊から一晩の夜伽をしてもらっただけで、怨まれるわけでも取りつかれるわけでもなく、彼の回向はひたすらいい功徳だったという点でこの話が終始一貫しているところであろう。幽霊の話でありながら『野ざらし』は笑話として完成しており、八五郎の行為でさえも浮かばれない幽霊とは無関係に幇間の小遣い稼ぎに利用されそうになるのである。以上見たように、円遊の落語に出てくる幽霊は徹底的に世俗化して庶民的であるため、少しも恐ろしくない存在になっている。しかしだからと言って円遊の師匠である円朝の幽霊がただ恐ろしいだけの存在であるかと言えば、怪談噺の登場人物として誰かを取り殺すような超然とした恐ろしさを兼ね備えているとはいえ、落語の世界の住人でもある限り、やはり庶民でもあるという性格は無視すべきではないだろう。こうした幽霊の人間臭さが怪談噺の恐ろしさとどう結びついているかを見てみることが、「お札はがし」の寄席体験を読み解く上での手掛かりとなる。

※「野ざらし」　三遊亭圓遊「手向の酒」『口演速記明治大正落語集成 第三巻』講談社、一九八〇年。

※「支那の野ざらし」　柳家小さん「樊噲（はんくわい）」『口演速記明治大正落語集成 第六巻』講談社、一九八〇年。

(5) 第十回本文

十

さてかの伴蔵は今年三十八歳、女房おみねは三十五歳、互《たがい》に貧乏世帯《じょたい》を張るも萩原新三郎のお蔭《かげ》にて、ある時は畑を耘《うな》い、庭や表のはき掃除などをし、女房おみねは萩原の宅《たく》へ参り煮《に》焚《たき》濯《すす》ぎ洗濯やお菜《かず》ごしらえお給仕などをしておりますゆえ、萩原も伴蔵夫婦には孫店《まごだな》を貸してはおけど、店賃《たなちん》なしで住まわせて、折々は小遣《こづかい》や浴衣《ゆかた》などの古い物をやり、家来同様使っていました。伴蔵は懶惰《なまけ》ものにて内職もせず、おみねは独りで内職をいたし、毎晩八ツ九ツまで夜延《よなべ》をいたしていましたが、ある晩の事絞《しぼ》りだらけの蚊帳《かや》を吊《つ》り、この絞りの蚊帳というは蚊帳に穴が明いているものですから、ところどころ観世縒《かんじんより》で括《しば》ってあるので、その蚊帳を吊り、伴蔵は寝蓙《ねござ》を敷き、独りで寝ていて、足をばたばたやっており、蚊帳の外では女房が頻《しき》りに夜延をしていますと、八ツの鐘がボンと聞え、世間はしんといたし、折々清水の水音が高く聞え、何《なん》となく物凄《ものすご》く、秋の夜風の草葉にあたり、陰々寂寞《いんいんせきばく》と世間が一体にしんといたしましたから、この時は小声で話をいたしても宜《よ》く聞えるもので、蚊帳の中《うち》で伴蔵が、頻《しき》りに誰《たれ》かとこそこそ話をしているのに、女房は気がつき、行燈《あんどう》の下影《したかげ》から、そっと蚊帳の中《うち》を差覗《さしのぞ》くと、伴蔵が起上《おきあが》り、ちゃんと坐り、両手を膝についていて、蚊帳の外には誰《だれ》か来て話をしている様子は、何《なん》だかはっきり分りませんが、どうも女の声のようだから訝《おか》しい事だと、嫉妬《やきもち》の虫がグッと胸へ込み上げたが、年若とは違い、もう三十五にもなる事ゆえ、表向《おもてむき》に悋気《りんき》もしかねるゆえ、あんまりな人だと思っているうちに、女は帰った様子ゆえ何《なん》とも云わず黙っていたが、翌晩もまた来てこそこそ話をいたし、こういう事がちょうど三晩の間続きましたので、女房ももう我慢が出来ません、ちと鼻が尖《とん》がらかッて来て、鼻息が荒くなりました。

伴「おみね、もう寝ねえな。」

みね「ああ馬鹿々々しいやね、八ツ九ツまで夜延をしてさ。」

伴「ぐずぐずいわないで早く寝ねえな。」

みね「えい、人が寝ないで稼いでいるのに、馬鹿々々しいからサ。」

伴「蚊帳の中へへいんねえな。」
おみねは腹立《はらたち》まぎれにズッと蚊帳をまくって中へ入れば、
伴「そんなへいりようがあるものか、なんてえへいりようだ、突立《つッた》ってへえッちゃア蚊がへえってしようがねえ。」
みね「伴蔵さん、毎晩お前のところへ来る女はあれはなんだえ。」
伴「何《なん》でもいいよ。」
みね「何《なん》だかお云いなねえ。」
伴「何でもいいよ。」
みね「お前はよかろうが私《わたし》ゃ詰らないよ、本当にお前の為に寝ないで齷齪《あくせく》と稼いでいる女房の前も構わず、女なんぞを引きずり込まれては、私のような者でもあんまりだ、あれはこういう訳だと明かして云っておくれてもいいじゃアないか。」
伴「そんな訳じゃねえよ、おれも云おう云おうと思っているんだが、云うとお前《めえ》が怖がるから云わねえんだ。」
みね「なんだえ怖がると、大方先の阿魔女《あまっちょ》が何《なん》かお前《まえ》に怖《こわ》もてで云やアがったんだろう、お前が嬶《かかあ》があるから女房に持つ事が出来ないと云ったら、そんなら打捨《うっちゃ》っておかないとか何とかいうのだろう、理不尽《りふじん》に阿魔女《あまっちょ》が女房のいる所へどかどか入《へい》って来て話なんぞをしやアがって、もし刃物三昧《はものざんまい》でもする了簡《りょうけん》なら私はただはおかないよ。」

伴「そんな者じゃアないよ、話をしても手前《てめえ》怖がるな、毎晩来る女は萩原様に極《ごく》惚れて通《かよ》って来るお嬢様とお附《つき》の女中だ。」

みね「萩原様は萩原様の働きがあってなさる事だが、お前《まえ》はこんな貧乏世帯《びんぼうじょたい》を張っていながら、そんな浮気をして済むかえ、それじゃアお前がそのお附の女中とくッついたんだろう。」

伴「そんな訳じゃないよ、実は一昨日《おととい》の晩おれがうとうとしていると、清水《しみず》の方から牡丹《ぼたん》の花の燈籠を提《さ》げた年増《としま》が先へ立ち、お嬢様の手を引いてずっとおれの宅《うち》へ入《へえ》って来たところが、なかなか人柄のいいお人だから、おれのような者の宅へこんな人が来るはずはないがと思っていると、その女がおれの前《めえ》へ手をついて、伴蔵さんとはお前《まえ》さまでございますかというから、私《わっち》が伴蔵でござえやすと云ったら、あなたは萩原様の御家来かと聞くから、まアまア家来同様な訳でごぜえますというと、萩原様はあんまりなお方でございます、お嬢様が萩原様に恋焦《こいこが》れて、今夜いらっしゃいとたしかにお約束を遊ばしたのに、今はお嬢様をお嫌いなすって、入《い》れないようになさいますとはあんまりなお方でございます、裏の小さい窓に御札が貼《は》ってあるので、どうしてもはいることが出来ませんから、お情《なさけ》にその御札を剥《はが》してくださいましというから、明日《あした》きっと剥しておきましょう、明晩《みょうばん》きっとお願い申しますと云ってずっと帰《けえ》った、それから昨日《きのう》は終日《いちにち》畠《はたけ》耘《うな》いをしていたが、つい忘れていると、その翌晩また来て、何故《なぜ》剥して下さいませんというから、違《ちげ》えねえ、ツイ忘れやした、きっと明日《あした》の晩剥がしておきやしょうと云ってそれから今朝畠へ出たついでに萩原様の裏手へ廻って見ると、裏の小窓に小さいお経の書いてある札が貼ってあるが、何《なに》してもこんな小さい所からはいることは人間には出来る物ではねえが、かねて聞いていたお嬢様が死んで、萩原様のところへ幽霊になって逢いに来るのがこれに相違ねえ、それじゃア二晩《ふたばん》来たのは幽霊だッたかと思うと、ぞっと身の毛がよだつほど怖くなった。」

みね「ああ、いやだよ、おふざけでないよ。」

伴「今夜はよもや来《き》やアしめえと思っているところへまた来たア、今夜はおれが幽霊だと知っているから怖くッて口もきけず、膏汗《あぶらあせ》を流して固まっていて、おさえつけられるように苦しかった、そうするとまだ剥しておくんなさいませんねえ、どうしても剥しておくんなさいませんと、あなたまでお怨《うら》み申しますと、恐《おっ》かねえ顔をしたから、明日《あした》はきっと剥しますと云って帰《けえ》したんだ、それだのに手前《てめえ》にとやこう嫉妬《やきもち》をやかれちゃア詰らねえよ、おれは幽霊に怨みを受ける覚えはねえが、札を剥せば萩原様が喰殺《くいころ》されるか取殺《とりころ》されるに違《ちげ》えねえから、おれはここを越してしまおうと思うよ。」

みね「嘘をおつきよ、何《なん》ぼ何《なん》でも人を馬鹿にする、そんな事があるものかね。」

伴「疑《うたぐ》るなら明日《あした》の晩手前《てめえ》が出て挨拶をしろ、おれは真平《まっぴら》だ、戸棚に入《へい》って隠れていらア。」

みね「そんなら本当かえ。」

伴「本当も嘘もあるものか、だから手前《てめえ》が出なよ。」

みね「だッて帰る時には駒下駄の音がしたじゃアないか。」

伴「そうだが、大層綺麗な女で、綺麗ほどなお怖いもんだ、明日《あした》の晩おれと一緒に出な。」

みね「ほんとうなら大変だ、私《わたし》ゃいやだよう。」

伴「そのお嬢様が振袖《ふりそで》を着て髪を島田に結上《ゆいあ》げ、極《ごく》人柄のいい女中が丁寧《ていねい》に、おれのような者に両手をついて、痩《やせ》ッこけた何《なん》だか淋しい顔で、伴蔵さんあなた……。」

みね「ああ怖い。」

伴「ああびっくりした、おれは手前《てめえ》の声で驚いた。」

みね「伴蔵さん、ちょいといやだよう、それじゃアこうしておやりな、私達が萩原様のお蔭《かげ》でどうやらこうやら口を糊《すご》して居るのだから、明日《あした》の晩幽霊が来たらば、おまえが一生懸命になってこうおいいな、まことに御尤《ごもっと》もではございますが、あなたは萩原様にお恨《うらみ》がございましょうとも、私ども夫婦は萩原様のお蔭でこうやっているので、萩原様に万一《もしも》の事がありましては私ども夫婦の暮し方が立ちませんから、どうか暮し方の付くようにお金を百両持って来て下さいまし、そうすればきっと剥《はが》しましょうとお云いよ、怖いだろうがお前は酒を飲めば気丈夫になるというから、私《わたし》が夜《よ》延《なべ》をしてお酒を五合ばかり買っておくから、酔った紛《まぎ》れにそう云ったらどうだろう。」

伴「馬鹿云え、幽霊に金があるものか。」

みね「だからいいやね、金をよこさなければお札を剥さないやね、それで金もよこさないでお札を剥さなけりゃア取殺《とりころ》すというような訳の分らない幽霊は無いよ、それにお前には恨《うらみ》のある訳でもなしさ、こういえば義理があるから心配はない、もしお金を持って来れば剥してやってもいいじゃアないか。」

伴「なるほど、あの位訳のわかる幽霊だから、そう云ったら得心《とくしん》して帰《けえ》るかも知れねえ、殊《こと》によると百両持って来るものだよ。」

みね「持って来たらお札を剥してやりな、お前考えて御覧、百両あればお前と私は一生困りゃアしないよ。」

伴「なるほど、こいつは旨《うめ》え、きっと持って来るよ、こいつは一番やッつけよう。」

と慾というものは怖《おそろ》しいもので、明《あく》る日は日の暮れるのを待っていました。そうこうする内に日も暮れましたれば、女房は私《わたし》ゃ見ないよと云いながら戸棚へ入るという騒ぎで、かれこれしているうち夜《よ》も段々と更《ふ》けわたり、もう八ツになると思うから、伴蔵は茶碗酒でぐいぐい引っかけ、酔ったに紛《まぎ》れで掛合うつもりでいると、その内八ツの鐘がボーンと不忍《しのばず》の池《いけ》に響いて聞えるに、女房は熱いのに戸棚へ入り、襤褸《ぼろ》を被《かぶ》って小さくなっている。伴蔵は蚊帳《かや》の中《うち》にしゃに構えて待っているうち、清水のもとからカランコロンカランコロンと駒下駄の音高く、常に変らず牡丹の花の燈籠を提《さ》げて、朦朧《もうろう》として生垣《いけがき》の外まで来たなと思うと、伴蔵はぞっと肩から水をかけられるほど怖気立《こわけだ》ち、三合呑んだ酒もむだになってしまい、ぶるぶる慄《ふる》えながらいると、蚊帳の側《そば》へ来て、伴蔵さん伴蔵さんというから、

伴「へいへいお出《い》でなさいまし。」

女「毎晩参りまして、御迷惑の事をお願い申して誠に恐れ入りますが、まだ今夜も御札が剥がれておりませんのではいる事が出来ず、お嬢様がお憤《むず》かり遊ばし、私《わたくし》が誠に困りますから、どうぞ二

人のものを不便《ふびん》と思召《おぼしめ》してあのお札を剥して下さいまし。」

伴蔵はガタガタ慄《ふる》えながら、
伴「御尤《ごもっとも》さまでございますけれども、私ども夫婦の者は、萩原様のお蔭様でようやく其の日を送っている者でございますから、萩原様のお体《からだ》にもしもの事がございましては、私ども夫婦のものが後《あと》で暮し方に困りますから、どうぞ後で暮しに困らないように百両の金を持って来て下さいましたらば直《すぐ》に剥しましょう。」

と云うたびに冷たい汗を流し、やっとの思いで云いきりますと、両人は顔を見合せて、しばらく首を垂《た》れて考えておりましたが、
米「お嬢様、それ御覧《ごろう》じませ、このお方にお恨《うらみ》はないのに御迷惑をかけて済まないではありませんか、萩原様はお心変りが遊ばしたのだから、あなたがお慕《した》いなさるのはお冗《むだ》でございます、どうぞふッつりお諦《あきら》めあそばして下さい。」

露「米や、私《わたし》ゃどうしても諦める事は出来ないから、百目《ひゃくめ》の金子《きんす》を伴蔵さんに上げて御札を剥がして戴《いただ》き、どうぞ萩原様のお側へやっておくれヨウヨウ」。

といいながら、振袖《ふりそで》を顔に押しあてさめざめと泣く様子が実に物凄い有様《ありさま》です。

米「あなた、そう仰しゃいますがどうして私《わたくし》が百目の金子を持っておろう道理はございませんが、それほどまでに御意《ぎょい》遊ばしますなら、どうか才覚をして、明晩持ってまいりましょうが、伴蔵さん、まだ御札の外《ほか》に萩原さまの懐《ふところ》に入れていらっしゃるお守《まもり》は、海音如来《かいおんにょらい》様という有難い御《お》守《まもり》ですから、

それがあってはやっぱりお側へまいる事が出来ませんから、どうかその御守も昼の内にあなたの御工夫でお盗み遊ばして、外《ほか》へお取捨《とりすて》を願いたいものでございますが、出来ましょうか。」
伴「へいへい御守を盗みましょうが、百両はどうぞきっと持って来ておくんなせえ。」
米「嬢様それでは明晩までお待ち遊ばせ。」
露「米やまた今夜も萩原様にお目にかからないで帰るのかえ。」
と泣きながらお米に手を引かれてスゥーと出て行《ゆ》きました。

〈第十回解説〉

舞台は、萩原の屋敷内にある孫店。登場人物は、伴蔵、おみね、お米、お露。

この回は、萩原宅の孫店に住むおみね伴蔵の夫婦が、新三郎に会いに来たお露とお米にお札をはがすように頼まれて、百両の金を持ってきてくれればはがしてやると取り引きをする掛け合いの場となっている。

第六回において、毎晩萩原宅を訪れるお露とお米が「化物」であると最初に気づいたのは伴蔵だった。そして第八回において、それを聞いた易者の勇斎が驚いて新三郎の人相を見たところ死相が出ていたため、新三郎は半信半疑で谷中の三崎までお露とお米の墓所を調べに出かけたのだった。しかし、伴蔵は新三郎のところに通う女の幽霊を覗き見ただけであって自分自身が幽霊と遭遇しているわけではないし、新三郎も同様に七晩通ってきたお露がこの世のものではないとしてもそうと分かって逢引をしたわけではないので、実際に物語においてはまだ誰も死霊だと認識した上でお露とお米に出会ったりはしていない。つまり、この第十回における伴蔵とお米の掛け合いの場は、『牡丹燈籠』で初めてそのようなものだと判明した上で幽霊と直接対話をする場面なのである。ただ、語り手がそのことを話題にするのは、お米が伴蔵のところに交渉に来た初日ではなく良石に授かったお札を貼って二人が入れなくなってから四日目の晩のことである。

伴蔵は自分の目で萩原宅を覗いた上で勇斎に報告したにも関わらず、おみねには、お札をはがしてくれと出向いてきたお米が新三郎の元に通ってくる幽霊だと初めは気が付かなかったと話している。お札をはがすと安請け合いした伴蔵は、畑仕事をしていてうっかり忘れていたと二度までもお米に弁解してから、三日目にやっとそれが例の幽霊だとわかって身の毛のよだつ思いがしたと言うのである。この晩、お米はお札をはがしてくれないと「あなたまでお怨み申します」と伴蔵に宣言する。これはつまりお米がお露新三郎の間柄に直接関係のないはずの伴蔵に、言うことを聞かなければ取り殺すと脅迫していることになる。

幽霊はお札に触れることができないため、誰かにそれをはがすよう依頼しなければならないのだが、怨念によって生者を取り殺すことはできるから言うことを聞かなければそれを実行してやるというのがお米の側の言い分である。この話を聞いて幽霊の弱みを握れば交渉の余地があるはずだと思いついたのは、怠け者の伴蔵ではなく働き者の女房のおみねだった。伴蔵が「幽霊に金があるものか」と反論すると、おみねは「金をよこさなければお札を剥さないやね、それで金もよこさないでお札を剥さなけりゃア取殺すというような訳の分らない幽霊はないよ」と言って丸め込む。このように、女中のお米は話し合いの通じる相手として登場しているのだが、逆にそのことが知恵者のおみねに付け入る隙を与える結果となっている。それにしてもお米が伴蔵に新三郎の家来かと尋ねた上でお露のためにお札をはがすように迫っている場面は、自分の忠君のために他人に主殺《しゅうごろ》しを強要しているという点で興味深い。貧乏所帯を営む伴蔵にとっては忠よりも金が重要で、飯島家の乳母としてお露の世話役として仕えるお米は自分の忠を金で買わされるのである。

こうした交渉の場面を、武家に奉公する女中と貧困にあえぐ町人の商談の場面として見てみると、表向きはどこまでも忠臣としての矜持を保とうとするお米に対して貧窮した生活から抜け出すために金儲けの算段を立てる伴蔵夫婦のしたたかな態度が際立ってくる。たとえ相手が幽霊で取り殺される可能性があったとしても、それを承知で命を賭けて百両のあぶく銭を巻き上げることの方が大事に決まっているという生き様から、「お札はがし」以後となる『牡丹燈籠』の後半で大悪党に成長していく伴蔵の片鱗をここで垣間見ることができるだろう。

（6）第十二回本文

十二

伴蔵の家《うち》では、幽霊と伴蔵と物語をしているうち、女房おみねは戸棚に隠れ、熱さを堪《こら》えて襤褸《ぼろ》を被《かぶ》り、ビッショリ汗をかき、虫の息をころしているうちに、お米は飯島の娘お露の手を引いて、姿は朦朧《もうろう》として掻消《かきけ》す如く見えなくなりましたから、伴蔵は戸棚の戸をドンドン叩き、

伴「おみね、もう出なよ。」

みね「まだいやアしないかえ。」

伴「帰《けえ》ってしまった、出ねえ出ねえ。」

みね「どうしたえ。」

伴「どうにもこうにもおれが一生懸命に掛合ったから、飲んだ酒も醒《さ》めてしまった、おらア全体《ぜんてえ》酒さえのめば、侍《さむれえ》でもなんでも怖《おっ》かなくねえように気が強くなるのだが、幽霊が側《そば》へ来たかと思うと、頭から水を打ちかけられるようになって、すっかり酔《よい》も醒め、口もきけなくなった。」

みね「私が戸棚で聞いていれば、なんだかお前と幽霊と話をしている声が幽《かす》かに聞えて、本当に怖《こわ》かったよ。」

伴「おれは幽霊に百両の金を持って来ておくんなせえ、私《わっち》ども夫婦は萩原様のお蔭《かげ》でどうやらこ

うやら暮しをつけております者ですから、萩原様に万一《もしも》の事がありましては私ども夫婦は暮し方に困りますから、百両のお金を下さったならきっとお札を剥《はが》しましょうというと、幽霊は明日《あした》の晩お金を持って来ますからお札を剥してくれろ、それにまた萩原様の首に掛けていらっしゃる海音如来《かいおんにょらい》の御守《おまもり》があっては入る事が出来ないから、どうか工夫をしてそのお守を盗み、外《ほか》へ取捨てて下さいと云ったは、金無垢《きんむく》で丈《たけ》は四寸二分の如来様だそうだ、おれもこの間お開帳《かいちょう》の時ちょっと見たが、あの時坊さんが何か云ってたよ、そも何《なん》とかいったっけ、あれに違《ちげ》えねえ、何《なん》でも大変な作物《さくもの》だぞうだ、あれを盗むんだが、どうだえ。」

みね「どうも旨いねえ、運が向いて来たんだよ、その如来様はどっかへ売れるだろうねえ。」

伴「どうして江戸ではむずかしいから、どこか知らない田舎へ持って行って売るのだなア、たとえ潰《つぶ》しにしても大《たい》したものだ、百両や二百両は堅いものだ。」

みね「そうかえ、まア二百両あれば、お前と私と二人ぐらいは一生楽に暮すことが出来るよ、それだからねえ、お前一生懸命でおやりよ。」

伴「やるともさ、だがしかし首にかけているのだから容易に放すまい、どうしたら宜《よ》かろうナ。」

みね「萩原様はこの頃お湯にも入らず、蚊帳《かや》を吊りきりでお経を読んでばかりいらっしゃるものだから、汗臭いから行水《ぎょうずい》をお遣《つか》いなさいと云って勧《すす》めて使わせて、私が萩原様の身体《からだ》を洗っているうちにお前がそっとお盗みな。」

伴「なるほど旨《うめ》えや、だがなかなか外へは出まいよ。」

みね「そんなら座敷の三畳の畳を上げて、あそこで遣わせよう。」
と夫婦いろいろ相談をし、翌日湯を沸かし、伴蔵は萩原の宅《うち》へ出掛けて参り、
伴「旦那え、今日は湯を沸かしましたから行水をお遣いなせえ、旦那をお初《はつ》に遣わせようと思って。」
新「いやいや行水はいけないよ、少し訳があって行水は遣えない。」
みね「旦那この熱いのに行水を遣わないで毒ですよ、お寝衣《ねめし》も汗でビッショリになっておりますから、お天気ですから宜《よ》うございますが、降りでもすると仕方がありません、身体《からだ》のお毒になりますからお遣いなさいよ。」
新「行水は日暮方《ひぐれかた》表で遣うもので、私《わたくし》は少し訳があって表へ出る事の出来ない身分だからいけないよ。」
伴「それじゃアあすこの三畳の畳を上げてお遣《つけ》えなせえ。」
新「いけないよ、裸になる事だから、裸になる事は出来ないよ。」
伴「隣の占者《うらない》の白翁堂先生がよくいいますぜ、何《なん》でも穢《きたな》くしておくから病気が起ったり幽霊や魔物などがはいるのだ、清らかにしてさえおけば幽霊なぞははいられねえ、じじむさくしておくと内《うち》から病《やまい》が出る、また穢くしておくと幽霊がへいって来ますよ。」
新「穢くしておくと幽霊がはいって来るか。」
伴「来るどころじゃアありません両人《ふたり》で手を引いて来ます。」

新「それでは困る、内で行水を遣うから三畳の畳を上げてくんな。」
というから、伴蔵夫婦はしめたと思い、
伴「それ盥《たらい》を持って来て、手桶《ておけ》へホレ湯を入れて来い。」
などと手早く支度《したく》をした。萩原は着物を脱ぎ捨て、首に掛けているお守《まもり》を取りはずして伴蔵に渡し、
新「これは勿体《もったい》ないお守だから、神棚へ上げておいてくんな。」
伴「へいへい、おみね、旦那の身体を洗って上げな、よく丁寧《ていねい》にいいか。」
みね「旦那様こちらの方をお向きなすっちゃアいけませんよ、もっと襟《えり》を下の方へ延ばして、もっとズウッと屈《こゞ》んでいらっしゃい。」
と襟を洗う振《ふり》をして伴蔵の方を見せないようにしている暇《ひま》に、伴蔵は彼《か》の胴巻をこき、ズルズルと出して見れば、黒塗光沢消《くろぬりつやけ》しのお厨子《ずし》で、扉を開《ひら》くと中はがたつくから黒い絹で包《くる》んであり、中には丈《たけ》四寸二分、金無垢《きんむく》の海音如来、そっと懐中へ抜取《ぬきと》り、代り物がなければいかぬと思い、かねて用心に持って来た同じような重さの瓦《かわら》の不動様を中へ押込《おしこ》み、元のままにして神棚へ上げおき、
伴「おみねや長いのう、あまり長く洗っているとお逆上《のぼせ》なさるから、宜《い》い加減にしなよ。」
新「もう上がろう。」
と身体を拭《ふ》き、浴衣《ゆかた》を着、ああ宜《い》い心持《こゝろもち》になった。と着た浴衣は経帷子《きょうかたびら》、使った行水は湯灌《ゆかん》となる事とは、神ならぬ身の萩原新三郎は、誠に心持よく表を閉めさせ、宵《よい》の内から蚊帳《かや》を吊り、その中で雨《う》宝《ほう》陀《だ》羅《ら》尼《に》経《きょう》を頻《しき》りに読んでおります。こちらは伴蔵夫婦は、持ちつけない品を持ったものだか

らほくほく喜び、宅《うち》へ帰りて、
みね「お前立派な物だねえ、なかなか高そうな物だよ。」
伴「なにおらたちには何《なん》だか訳が分らねえが、幽霊はこいつがあるとへいられねえというほどな魔除《まよけ》のお守《まもり》だ。」
みね「ほんとうに運が向いて来たのだねえ。」
伴「だがのう、こいつがあると幽霊が今夜百両の金を持って来ても、おれの所へへいる事が出来めえが、これにゃア困った。」
みね「それじゃアお前出掛けて行って、途中でお目に懸《かか》ってお出《い》でな。」
伴「馬鹿ア云え、そんな事が出来るものか。」
みね「どっかへ預けたら宜《よ》かろう。」
伴「預けなんぞして、伴蔵の持物《もちもの》には不似合だ、どういう訳でこんな物を持っていると聞かれた日にゃア盗んだ事が露顕して、こっちがお仕置《しおき》になってしまわア、また質に置くことも出来ず、と云って宅《うち》へ置いて、幽霊が札が剥がれたから萩原様の窓からへいって、萩原様を喰殺《くいころ》すか取殺《とりころ》した跡をあらためた日にゃア、お守が身体にないものだから、誰《たれ》か盗んだに違《ちげ》えねえと詮議になると、疑《うたぐ》りのかかるは白翁堂かおれだ、白翁堂は年寄の事で正直者だから、こっちはのっけに疑ぐられ、家捜《やさが》しでもされてこれが出ては大変だからどうしよう、これを羊羹箱《ようかんばこ》か何かへ入れて畑へ埋めて置き、上へ印の竹を立てて置けば、家捜しをされても大丈夫だ、そこで一旦身を隠して、半年か一年も立って、ほとぼりの冷めた時分帰《けえ》って来て掘出《ほりだ》せば大丈夫知れる気遣《きづかい》はねえ。」

みね「旨い事ねえ、そんなら穴を深く掘って埋めておしまいよ。」

と、直《すぐ》に伴蔵は羊羹箱の古いのにかの像を入れ、畑へ持出《もちだ》し土中《どちゅう》へ深く埋めて、その上へ日標《めじるし》の竹を立置《たてお》き立帰《たちかえ》り、さアこれから百両の金の来るのを待つばかり、前祝いに一杯やろうと夫婦差向《さしむか》いで互《たがい》に打解《うちと》け酌交《くみかわ》しもう今に八ツになる頃だからというので、女房は戸棚へはいり、伴蔵 人酒を飲んで待っているうちに、八ツの鐘が忍ヶ岡《しのぶがおか》に響いて聞えますと、一際《ひときわ》世間がしんといたし、水の流れも止り、草木も眠るというくらいで、壁にすだく蟋蟀《こおろぎ》の声も幽《かす》かに哀《あわれ》を催《もよ》おし、物凄く、清水の下《もと》からいつもの通り駒下駄の音高くカランコロンカランコロンと聞えましたから、伴蔵は来たなと思うと身の毛もぞっと縮まるほど怖ろしく、かたまって、様子を窺《うかゞ》っていると、生垣《いけがき》の元へ見えたかと思うと、いつの間にやら縁側のところへ来て、「伴蔵さん伴蔵さん。」と云われると、伴蔵は口が利《き》けない、ようようの事で、「へいへい。」と云うと、

米「毎晩上《あが》りまして御迷惑の事を願い、誠に恐れ入りまするが、まだ今晩も萩原様の裏窓のお札が剥《はが》れておりませんから、どうかお剥しなすって下さいまし、お嬢様が萩原様に逢いたいと私《わたくし》をお責め遊ばし、おむずかって誠に困り切りまするから、どうぞあなた様、二人の者を不便《ふびん》に思召《おぼしめ》しお札を剥して下さいまし。」

伴「剥します、へい剥しますが、百両の金を持って来て下すったか。」

米「百目の金子たしかに持参いたしましたが、海音如来の御守《おまもり》をお取捨《とりすて》になりましたろうか。」

伴「へい、あれは脇へ隠しました。」

米「さようなれば百目の金子お受取《うけと》り下さいませ。」

とズッと差出《さしだ》すを、伴蔵はよもや金ではあるまいと、手に取上《とりあ》げて見れば、ズンとした小判《こばん》の目方《めかた》、持った事もない百両の金を見るより伴蔵は怖い事も忘れてしまい、慄《ふる》えながら庭へ下《お》り立ち、「御一緒にお出《い》でなせえ。」と二間梯子《にけんばしご》を持出《もちだ》し、萩原の裏窓の蔀《したみ》へ立て懸け、慄える足を踏締《ふみし》めながらようよう登り、手を差伸ばし、お札を剥そうとしても慄えるものだから思うように剥れませんから、力を入れて無理に剥そうと思い、グッと手を引張《ひっぱ》る拍子に、梯子がガクリと揺れるに驚き、足を踏み外《はず》し、逆《さか》とんぼうを打って畑の中へ転《ころ》げ落ち、起上《おきあが》る力もなく、お札を片手に握《つか》んだまま声をふるわし、ただ南無阿弥陀仏南無阿弥陀仏と云っていると、幽霊は嬉しそうに両人顔を見合せ、

米「嬢様、今晩は萩原様にお目にかかって、十分にお怨みを仰しゃいませ、さアいらっしゃい。」

と手を引き伴蔵の方を見ると、伴蔵はお札を掴《つか》んで倒れておりますものだから、袖《そで》で顔を隠しながら、裏窓からズッと中《うち》へはいりました。

〈第十二回解説〉

舞台は、根津清水谷にある萩原宅。登場人物は、伴蔵、おみね、新三郎、お米。

この回は、お米との取り引きを優位にまとめたおみね伴蔵の夫婦が、新三郎から如来像を騙し取り、それから百両を受け取った上でお米の要求通りに死霊除けのお札をはがしてやるという内容で、これこそがまさにお札はがしの場となっている。

前回から大悪党の片鱗を見せ始めていた伴蔵は、死相が出て心身ともに衰弱した新三郎をここでも如才なく丸め込むと、おみねと連携しながら金無垢の海音如来を鮮やかな手口で盗み取る。前回のおみねと同様に今回は伴蔵の弁が冴えわたっており、裸になることを危惧する新三郎に向かって、「隣の白翁堂先生がよくいいますぜ、何でも穢くしておくから病気が起こったり幽霊や魔物などがはいるのだ、清らかにしてさえおけば幽霊なぞはいられねえ」と言い聞かせている。腕のいい易者であり新三郎の後見人でもある勇斎の権威を存分に利用して、お露との逢引で心身ともに衰弱して瀕死の病人となっている新三郎にこれ以上ないほど鋭く突き刺さる言葉を、伴蔵は機転を利かせてまくし立てる。

こうした一連の流れは、殺人幇助という前提を知る聴衆にとってまるで犯罪小説のようなスリルとサスペンスを提供するかもしれない。おみね伴蔵の夫婦は金儲けのためにここで自分から主殺しに加担しており、家来同様に仕えてきた新三郎をお露とお米の手に委ねようとしている。この場面で、有徳の高僧である良石が提供してくれた如来像とお札は、死者に対して宗教的な効験を発揮していたものの人を殺めて金を奪おうとする世俗の悪事を防ぐためには何の足しにもならないということが浮き彫りになり、伴蔵とおみねのギラギラとした「悪」の論理が物語の前面に押し出されている。

（7）第十四回、第十六回本文

十四

伴蔵は畑へ転がりましたが、両人の姿が見えなくなりましたから、慄《ふる》えながらようよう起上り、泥だらけのまま家《うち》へ駈け戻り、

伴「おみねや、出なよ。」

みね「あいよ、どうしたえ、まア私《わたし》は熱かったこと、膏汗《あぶらあせ》がビッショリ流れるほど出たが、我慢をしていたよ。」

伴「手前《てめえ》は熱い汗をかいたろうが、おらア冷《つめ》てえ汗をかいた、幽霊が裏窓からはいって行ったから、萩原様は取殺《とりころ》されてしまうだろうか。」

みね「私の考えじゃア殺すめえと思うよ、あれは悔《くや》しくって出る幽霊ではなく、恋しい恋しいと思っていたのに、お札があってはいれなかったのだから、これが生きている人間ならば、お前さんはあんまりな人だとか何《なん》とか云って口説《くぜつ》でも云うところだから殺す気遣《きづかい》はあるまいよ、どんな事をしているか、お前見ておいでよ。」

伴「馬鹿をいうな。」

みね「表から廻ってそっと見ておいでヨウヨウ。」
といわれるから、伴蔵は抜足《ぬきあし》して萩原の裏手へ廻り、しばらくして立帰《たちかえ》り、
みね「大層長かったね、どうしたえ。」
伴「おみね、なるほど手前《てめえ》の云う通り、何だかゴチャゴチャ話し声がするようだから覗《のぞ》いて見ると、蚊帳《かや》が吊ってあって何だか分らないから、裏手の方へ廻るうちに、話し声がパッタリとやんだようだから、大方《おおかた》仲直りがあって幽霊と寝たのかも知れねえ。」
みね「いやだよ、詰らない事をお云いでない。」
という中《うち》に夜《よ》もしらしらと明け離れましたから、
伴「おみね、夜が明けたから萩原様のところへ一緒に往《い》って見よう。」
みね「いやだよ私《わたし》ゃ夜が明けても怖くっていやだよ。」
というのを、
伴「マア往きねえよ。」
と打連《うちつ》れだち、
伴「おみねや、戸を明けねえ。」
みね「いやだよ、何だか怖いもの。」
伴「そんな事を云ったって、手前《てめえ》が毎朝戸を明けるじゃアねえか、ちょっと明けねえな。」
みね「戸の間から手を入れてグッと押すと、栓張棒《しんばりぼう》が落ちるから、お前お明けよ。」

伴「手前《てめえ》そんな事を云ったって、毎朝来て御膳《ごぜん》を炊《た》いたりするじゃアねえか、それじゃア手前手を入れて栓張だけ外すがいい。」

みね「私ゃいやだよ。」

伴「それじゃアいいや。」

と云いながら栓張を外し、戸を引き開けながら、

伴「御免ねえ、旦那え旦那え夜が明けやしたよ、明るくなりやしたよ、旦那え、おみねや、音も沙汰もねえぜ。」

みね「それだからいやだよ。」

伴「手前《てめえ》先へ入《へい》れ、手前はここの内の勝手をよく知っているじゃアねえか。」

みね「怖い時は勝手も何もないよ。」

伴「旦那え旦那え、御免なせえ、夜が明けたのに何怖いことがあるものか、日の恐れがあるものを、なんで幽霊がいるものか、だがおみね世の中に何が怖いッてこの位怖いものア無《ね》えなア。」

みね「ああ、いやだ。」

伴蔵は呟《つぶや》きながら中仕切《なかじきり》の障子を明けると、真暗《まっくら》で、

伴「旦那え旦那え、よく寝ていらッしゃる、まだ生体《しょうてえ》なく能《よ》く寝ていらッしゃるから大丈夫だ。」

みね「そうかえ、旦那、夜が明けましたから焚《た》きつけましょう。」

伴「御免なせえ、私《わっち》が戸を明けやすよ、旦那え旦那え。」

と云いながら床の内を差覗《さしのぞ》き、伴蔵はキャッと声を上げ、「おみねや、おらアもうこの位《くれえ》な怖いもなア見た事はねえ。」
とおみねは聞くよりアッと声をあげる。
伴「おお手前《てめえ》の声でなお怖くなった。」
みね「どうなっているのだよ。」
伴「どうなったのこうなったのと、実に何《なん》ともかとも云いようのねえ怖《こえ》えことだが、これを手前《てめえ》とおれと見たばかりじゃア掛合《かかりあい》にでもなっちゃア大変《てえへん》だから、白翁堂の爺さんを連れて来て立合《たちえい》をさせよう。」
と白翁堂の宅へ参り、
伴「先生先生伴蔵でごぜえやす、ちょっとお明けなすって。」
白「そんなに叩かなくってもいい、寝ちゃアいねえんだ、疾《と》うに眼が覚めている、そんなに叩くと戸が毀《こわ》れらア、どれどれ待っていろ、ああ痛《い》たたたた戸を明けたのにおれの頭をなぐる奴があるものか。」
伴「急いだものだから、つい、御免なせえ、先生ちょっと萩原様のところへ往《い》って下せえ、どうかしましたよ、大変《てえへん》ですよ。」
白「どうしたんだ。」
伴「どうにもこうにも、私《わっち》が今おみねと両人《ふたり》でいって見て驚いたんだから、お前《めえ》さん一寸《ちょっと》立合って下さい。」
と聞くより勇齋も驚いて、藜《あかざ》の杖を曳《ひ》き、ポクポクと出掛けて参り、
白「伴蔵お前《めえ》先へ入《はい》んなよ、」
伴「私《わっち》は怖いからいやだ。」
白「じゃアおみねお前《めえ》先へ入れ。」
みね「いやだよ、私だって怖いやねえ。」
白「じゃアいい。」
と云いながら中へはいったけれども、真暗で訳が分らない。
白「おみね、ちょっと小窓の障子を明けろ、萩原氏《うじ》、どうかなすったか、お加減でも悪いかえ。」
と云いながら、床《とこ》の内を差覗《さしのぞ》き、白翁堂はわなわなと慄《ふる》えながら思わず後《あと》へ下《さが》りました。

十六

白翁堂勇齋は萩原新三郎の寝所《ねどこ》を捲《ま》くり、実にぞっと足の方から総毛立《そうけだ》つほど怖く思ったのも道理、萩原新三郎は虚空《こくう》を掴《つか》み、歯を喰いしばり、面色土気色《つちけいろ》に変り、よほどな苦しみをして死んだものの如く、その脇へ髑髏《どくろ》があって、手とも覚《おぼ》しき骨が萩原の首玉《くびったま》にかじり付いており、あとは足

の骨などがばらばらになって、床《とこ》の中《うち》に取散《とりち》らしてあるから、勇齋は見てびっくりし、
白「伴蔵これは何《なん》だ、おれは今年六十九になるが、こんな怖ろしいものは初めて見た、支那の小説なぞにはよく狐を女房にしたの、幽霊に出逢ったなぞと云うことも随分あるが、かような事にならないように、新幡随院の良石和尚《りょうせきおしょう》に頼んで、有難い魔除《まよけ》の御守《おまもり》を借り受けて萩原の首に掛けさせて置いたのに、どうも因縁《いんねん》は免《のが》れられないもので仕方がないが、伴蔵首に掛けている守を取ってくれ。」
　伴「怖いから私《わっち》ゃアいやだ。」
白「おみね、ここへ来な。」
みね「私《わたくし》もいやですよ。」
白「何しろ雨戸を明けろ。」
と戸を明けさせ、白翁堂が自ら立って萩原の首に掛けたる白木綿《しろもめん》の胴巻を取外《とりはず》し、グッとしごいてこき出せば、黒塗光沢消《くろぬりつやけし》の御厨子《ごずし》にて、中を開けばこは如何《いか》に、金無垢《きんむく》の海音如来《かいおんにょらい》と思いの外《ほか》、いつしか誰か盗んですり替えたるものと見え、中は瓦《かわら》に赤銅箔《しゃくどうはく》を置いた土の不動と化《け》してあったから、白翁堂はアッと呆《あき》れて茫然といたし、
白「伴蔵これは誰が盗んだろう。」
　伴「なんだか私《わっち》にゃアさっぱり訳が分りません。」
白「これは世にも尊《とうと》き海音如来の立像にて、魔界も恐れて立去るというほど尊い品なれど、新幡随

院の良石和尚が厚い情《なさけ》の心より、萩原新三郎を不便《ふびん》に思い、貸して下され、新三郎は肌身放さず首にかけていたものを、どうしてかようにすり替えられたか、誠に不思議な事だなア。」
伴「なるほどなア、私《わっち》どもにゃアなんだか訳が分らねえが、観音様ですか。」
白「伴蔵手前を疑《うたぐ》る訳じゃアねえが、萩原の地面内《じめんうち》にいる者はおれと手前ばかりだ、よもや手前は盗みはしめえが、人の物を奪う時は必ずその相《そう》に顕《あら》われるものだ。伴蔵ちょっと手前の人相を見てやるから顔を出せ。」
と懐中より天眼鏡《てんがんきょう》を取出され、伴蔵は大きに驚き、見られては大変と思い、
伴「旦那え、冗談いっちゃアいけねえ、私《わっち》のようなこんな面《つら》は、どうせ出世の出来ねえ面だから見ねえでもいい。」
と断る様子を白翁堂は早くも推《すい》し、ハハアこいつ伴蔵がおかしいなと思いましたが、なまなかの事を云出して取逃がしてはいかぬと思い直し、
白「おみねや、事柄の済むまでは二人でよく気を付けていて、なるたけ人に云わないようにしてくれ、おれはこれから幡随院へ行って話をして来る。」
と藜《あかざ》の杖を曳《ひ》きながら幡随院へやって来ると、良石和尚は浅葱木綿《あさぎもめん》の衣《ころも》を着《ちゃく》し、寂寞《じゃくまく》として座布団の上に坐っているところへ勇斎入《い》り来《き》たり、
白「これは良石和尚いつも御機嫌よろしく、とかく今年は残暑の強い事でございます。」
良「やア出て来たねえ、こっちへ来なさい、誠に萩原も飛んだことになって、とうとう死んだの

う。」
白「ええあなたはよく御存じで。」
良「側に悪い奴が附いていて、また萩原も免《のが》れられない悪因縁《あくいんねん》で仕方がない、定まるこッちゃ、いいわ心配せんでもよいわ。」
白「道徳高き名僧智識は百年先の事を看破《みやぶ》るとの事だが、貴僧《あなた》の御見識《ごけんしき》誠に恐れ入りました、つきましては私《わたくし》が済まない事が出来ました。」
良「海音如来などを盗まれたと云うのだろうが、ありゃア土の中に隠してあるが、あれは来年の八月にはきっと出るから心配するな、よいわ。」
白「私《わたくし》は陰陽《おんよう》を以《も》って世を渡り、未来の禍福《かふく》を占って人の志を定むる事は、私承知しておりますけれども、こればかりは気が付きませなんだ。」
良「どうでもよいわ、萩原の死骸は外《ほか》に菩提所《ぼだいしょ》もあるだろうが、飯島の娘お露とは深い因縁がある事ゆえ、あれの墓に並べて埋めて石塔を建ててやれ、お前も萩原に世話になった事もあろうから施主《せしゅ》に立ってやれ。」
と云われ白翁堂は委細承知と請《うけ》をして寺をたち出《い》で、路々《みちみち》もどうして和尚があの事を早くも覚《さと》ったろうと不思議に思いながら帰って来て、
白「伴蔵、貴様も萩原様には恩になっているから、野辺の送りのお供をしろ。」
と跡の始末を取り片付け、萩原の死骸は谷中の新幡随院へ葬ってしまいました。伴蔵は如何《いか》にもし

て自分の悪事を匿《かく》そうため、今の住家《すまい》を立退《たちの》かんとは思いましたけれども、慌《あわ》てた事をしたら人の疑いがかかろう、ああもしようか、こうもしようかとやっとの事で一策を案じ出《いだ》し、自分から近所の人に、萩原様のところへ幽霊の来るのをおれがたしかに見たが、幽霊が二人でボンボンをして通り、一人は島田髷《しまだまげ》の新造《しんぞ》で、一人は年増《としま》で牡丹《ぼたん》の花の付いた燈籠を提《さ》げていた、あれを見る者は三日を待たず死ぬから、おれは怖くてあすこにいられないなぞと云触《いいふら》すと、聞く人々は尾に尾を付けて、萩原様のところへは幽霊が百人来るとか、根津の清水では女の泣声がするなど、さまざまの評判が立ってちりぢり人が他《ほか》へ引越《ひっこ》してしまうから、白翁堂も薄気味悪くや思いけん、ここを引払《ひきはら》って、神田《かんだ》旅籠《はたご》町《ちょう》　辺へ引越《ひっこ》しました。伴蔵おみねはこれを機《しお》に、何分怖くていられぬとて、栗橋在《くりはしざい》は伴蔵の生れ故郷の事なれば、中仙道《なかせんどう》栗橋へ引越しました。

〈第十四回・第十六回解説〉

舞台は、引き続き萩原宅から新幡随院。登場人物は、伴蔵、おみね、白翁堂勇斎、良石和尚。

この第十四回と第十六回は、「お札はがし」の結末を飾る終焉の場となっている。速記の『牡丹燈籠』では、本筋の「刀屋」系統の物語が主流となっていく中で、その約三分の一の分量で別筋の「お札はがし」系統の物語がややバランスを欠いた形で掲載されているのだが、ここではお露新三郎の終局に当たるこの二回分を一つにまとめて紹介する。

第十四回は、お札をはがした伴蔵がおみねとともに夜明けを待ってから萩原宅に新三郎のようすを確かめに行き、中を見た上で白翁堂勇斎を呼びに行く。第十六回は、勇斎が新三郎の死骸を検めている時に海音如来が紛失していることに気づき、伴蔵を怪しむが追求はせずに、そのことを新幡随院の良石和尚に報告に行く。

先述したように、『牡丹燈籠』全体が最終的に新幡随院にある濡れ仏の縁起譚という体裁を取ることから、出番が多くないとはいえ良石の登場は物語の構成上常に重要な位置づけを占めている。良石は勇斎が何か言う前から、萩原新三郎が死んだことや紛失した如来像が来年の八月に出てくることを予言する。その上でお露と新三郎の因縁を語り、二人の墓所は添わせて葬ってやるようにと勇斎に提案している。ところが円朝口演『牡丹燈籠』の中で、実際にこのお露と新三郎の三世にも四世にも渡る因果譚について語られることはなく、本筋の「刀屋」系統にしてもせいぜい孝助の親世代である黒川孝蔵と飯島平左衛門の刃傷沙汰が第一回で語られる程度であった。そのため、注意しておかなければならないのだが、たとえ語り手の使う「因果」が仏教由来の用語であったり、あるいは作者である円朝自身が深く仏教の知識を備えていたのだとしても、この用語の使い方はきわめて一般的なものに留まっているのである。なぜお露と新三郎は一目で惚れ合ってしまったのか、なぜお露は死んでなお思い切れずに死霊となって新三郎を取り殺したのか、なぜ新三郎は出会ったばかりのお露の恋着から逃れ去ることができなかったのか、良石はこれらの問いをすべて「悪因縁」で仕方がないとだけ説明する。

お露と新三郎だけでなく飯島平左衛門の墓所もここにあり、紆余曲折あって親と主人の敵討ちを果たした孝助がこの三人の菩提を弔うために濡れ仏を建立したというところで『牡丹燈籠』は大団円を迎える。

本章では、怪談噺ではなく忠君孝親・勧善懲悪の人情噺となっている「刀屋」系統の本筋についても、怪談のネタばらしとなる後日談を大悪党になってから伴蔵がどのように語るかについても言及しない。

次章では、宗教的に権威づけられた唯一の登場人物である新幡随院の良石和尚が、怪談噺となる「お札はがし」においてどのような役割を果たしているかについて、新三郎を取り殺す死霊となったお露との対決という問題に焦点を当てて見ていくことにしよう。

第七章　『怪談牡丹燈籠』を読む
――お露の恋着と良石の悪霊祓い

斎藤　喬

1　『怪談牡丹燈籠』の文学史的な位置づけ

円朝口演の『牡丹燈籠』を文学史の中に位置づける上で欠かすことのできない先行研究として、ここではまず太刀川清氏の『牡丹灯記の系譜』と石井明氏の『円朝 牡丹燈籠』を取り上げる。主要テーマを怪談文学の歴史における「牡丹灯」の問題にのみ限定している単著というのは、管見の限りこの二冊だけのようである。

太刀川氏はその著作において、中国の明時代に成立した瞿佑《くゆう》『剪燈新話《せんとうしんわ》』の一編である「牡丹灯記」から日本の明治期に出版された円朝の『怪談牡丹燈籠』まで、小道具となる「牡丹灯」の趣向がどのように取り入れられているかや、死霊に魅入られて死ぬ恐怖場面の演出がどのように重ね合わされているかを丹念に調査している。特に注記すべき事柄として、そもそも『剪燈新話』が唐代の伝奇文学の流れを汲むという位置づけの確認から始まり、瞿佑が創作した怪談の新奇性を詳説した上で『奇異雑談集』、『伽婢子』、『諸国百物語』などによって日本に導入された「牡丹灯記」を怪談の翻案・翻訳のモデルケースとして、それぞれの作品の一部を具体的に引用しながら網羅的に紹介している。そこからこの「牡丹灯」の系譜の中に、近世怪異小説の傑作である上田秋成作となる『雨月物語』所収の「吉備津の釜」や、明治期に速記本として刊行された三遊亭円朝口演となる『怪談牡丹燈籠』が跡づけられていく。本稿との関連で言えば、文久年間（一八六一－一八六四）には初演を迎えていたとされる円朝の『牡丹燈籠』だが、太刀川氏はこれを「江戸時代を通じて変型を重ねて発展して来た「牡丹灯記」の、日本版の極めつけ」と高く評価した上で、特に幽霊出現の恐怖場面がこれまでの「牡丹灯記」の系譜の中でどう解釈され得るかを説明している。

また、石井氏の著作は円朝の生きた時代に焦点を合わせて、『怪談牡丹燈籠』に流れ込んでいる文化史的な諸要素をさまざまな角度から一つ一つ調査している。たいへん興味深いのは、円朝が創作した年代と同時期に上演されていた歌舞伎作品とを照合するなどしてその影響関係を考察しながら、明治期の速記本からはおそらく抜け落ちてしまっている江戸幕末の文化的な雰囲気を検証している点であろう。さらには、円朝自身が創作の際に利用したであろう種本や巷説についてだけでなく怪談文学の歴史における『牡丹燈籠』の位置づけについても詳細な解説があり、そこでは先行研究も豊富に紹介されている。

石井氏はその「あとがき」で、本稿でも以下において参照する小泉八雲「宿世の恋」に触れた上で次のように書いている。

「怪談ばなし」というのは、不条理に殺された人が、その怨念を晴らすために、仮にこの世によみがえり、幽霊となって復讐をとげるというのが一般的な筋立てである。そんななかで、恋しいと思う一念からこの世に復活をして、男を訪ねてくる娘の幽霊の話は、なんともロマンチックで、可憐な物語ではなかろうか。中国の「牡丹燈記」が、いくつものバージョンで繰り返し語られているのも、それだけ、こうした話が人々にこのまれているからであろう。

しかし、もしも現実に、自分の恋人や愛する妻が死んで、幽霊になって現れたとしたらどうだろうか。愛《いと》しいというよりは、まず恐怖の念が先に生ずるのではなかろうか。なかには、死んだ恋人を懐かしんで、生前にとり交わした反魂香《はんごんこう》を焚いて、その幽霊《たましい》を呼び寄せたり、あるいは、自らの意志で、女が葬られてある塚の中に入っていく、という話もないわけではないが、まず、幽霊が現れれば、腰を抜かさないかぎりは、逃げ出すというのが正直なところであろう。（石井明『円朝 牡丹燈籠』東京堂出版、二〇〇九年、二四三頁）

以上のように、太刀川氏と石井氏の先行研究に共通する態度として、どちらも「牡丹灯」にまつわる江戸怪談における恐怖を問題にしている点が特徴的である。この引用文に見られるような形で幽霊の出現に対する反応を一般化しようとすることにはおそらく無理があるとしても、恐怖というファクターが怪談文学において本質的な要素を構成しているという観点から、円朝口演『牡丹燈籠』の幽霊がもし怖いとすれば、それはなぜなのかを考えてみるのはきわめて重要なことだろう。

ここでは特に『牡丹燈籠』に出てくる死霊の恐怖と悪霊祓いというモチーフに焦点を当て、いかにして怪談噺の核心である恐怖体験を読み取りうるかを検討していく。

2　死霊の恐怖と悪霊祓い

新三郎の「侍らしさ」

宗教と恐怖という側面に焦点を当てて、『牡丹燈籠』を怪談噺として読み解いてみることにしよう。この立場から見る限り円朝口演の『怪談牡丹燈籠』は決して近代西洋の視点から見た意味での恋愛譚ではあり得ない。この物語をそのように解釈すると恐怖を売り物にする怪談噺としてのアイデンティティを失ってしまうことになり、お露と新三郎の関係についても根本的に見誤ることになりかねない。

例えば、前記した小泉八雲の「宿世の恋」において、語り手の「私」は円朝の『牡丹燈籠』の梗概を詳しく紹介した上で、新三郎について以下のような評価を下している。


「西洋人の目から見ると」私は答えた。「新三郎という人は、どうにも情けない人ですね。これが西洋の古いバラッドに出てくる、心から愛しあっている恋人なら、男は死んだ女の後を追って、喜び勇んで、墓の中へついていくでしょう。しかも、彼らはキリスト教徒ですから、後世《ごぜ》なんか信じちゃいない。この世で暮すのは、これ一回きりと心得ている。それでも恋のためなら喜んで死にます。新三郎は仏教徒でしょ――数えきれないほどの前世があって、この後も百万回でも生まれかわれる。それなのに遠い冥途《めいど》から戻ってきた娘のために、泡沫《うたかた》の命を棄てられない――ずいぶん身勝手な男です。いえ、身勝手というより臆病です。侍の家に生まれて、侍のなりをしているのに、少しも侍らしくない。幽霊にとり殺されるから助けて下さいなんて、お坊さんに泣きついてる。どこから見ても情けない。こんな人は、武士でないです。お露さんに首を絞《し》められて、殺されても、仕様《しよう》のない人です」。（小泉八雲「宿世の恋」『怪談・奇談』平川祐弘編、講談社学術文庫、一九九〇年、一三六頁）

この発言に対して、『牡丹燈籠』を紹介した「私」の友人は、以下のような返答をする。

「日本人から見ても、だいたい同じですね」と友人が答えた。「新三郎は確かに女々《めめ》しい男ですな。ただ、こういう優男《やさおとこ》を使わなければ、筋が巧く運ばなかったのでしょう。私にいわせれば、この話で感心な人物は、女中のお米ぐらいなものです――昔気質《かたぎ》の、忠義一筋《ひとすじ》の、実に可愛い女中です――道理をわきまえていて、機転もきく――生きている間はもちろん、死んでからも主人

の側を離れないのですから。……それではそろそろ、新幡随院に参りましょう。」（小泉八雲、同上、一三六～一三七頁）

たいへん興味深いことに、この「宿世の恋」においては「西洋人」を自称してキリスト教的な価値観を代表する「私」と、「日本人」を自称して忠義の道理を称揚する友人の意見は「だいたい同じ」であるらしい。

『宿世の恋』における「私」と友人の対話において、前者はキリスト教的価値観を前提にした恋愛叙事詩であれば、輪廻転生への信仰などなくとも男たるもの恋のためには喜び勇んで自分を愛する女とともにその墓の中へ入るだろうと指摘している。それに対して、後者は武家における忠君の精神を称揚した上で、恋人と心中しようとしない新三郎を非難しながら主人の後追いをしたお米を高く評価している。この対話を、『牡丹燈籠』における新三郎の態度に関する比較文化論的な意見交換として読むとすれば、知的好奇心をそそるものであることは疑い得ない。そこでおそらく重要なのは、両者の共通見解として、お露とともに死のうとしない新三郎は武士らしくもなければ仏教徒らしくもない情けない男に過ぎないという点で一致していることだろう。両者の間で、新三郎は恋人の死霊に取り殺されて「侍らしく」自分から死ぬべきであるという意見については何の疑義も生じていないように見える。

このことに関して、前章の「本文と解説」で詳しく見てきたように『牡丹燈籠』がもし「怪談噺」

でなかったならばここに情死という筋書きがあっても不思議ではないだろう。「宿世の恋」の解釈の妥当性を裏づけるかのように、円朝以後の口演では「お札はがし」をお露新三郎の恋愛譚として演出する手法が多くなっているようにも見受けられる。ただ、新三郎にとって、第二回に柳島で初見となったお露と、第八回にお札を貼った自室から垣間見たお露が本当に同一人物だと言えるかのどうかについては検討の余地がある。もし仮にお露が生者であったならば、散々に男らしくないと非難を浴びている新三郎でさえも死んだと聞いて俗名を書いた位牌に向かって念仏三昧で暮らしていたくらいなのだから、駆け落ちや心中の算段ぐらいはできたかもしれない。自分に取り憑いている死霊を生きているお露と同定したくともできなかったからこそ、障子の隙間からいじらしく泣いているその艶姿を覗き見て、新三郎は如来像を掻き抱きながら煩悶し、苦患の中でさながら生き地獄を味わったのではなかっただろうか。

「侍らしさ」について検証するには情報量が乏しいようだが、おそらく新三郎は「宿世の恋」で「私」が指摘した意味での「仏教徒」ではなかったとだけは言えるだろう。ただ言うなれば、新三郎はこの死霊の恋を機縁として良石和尚にすがりついた、今まさに仏教徒になりつつある「凡夫」だったのである。心中物の恋愛譚であれば、命を失うことよりも恋を失うことの方が大事なのだから、登場人物は死を恐れないし当然恋人の死者を恐れる理由もないだろう。そのため、新三郎がただ生き永らえたいという思いだけでお露を拒否したのだとすれば、死霊を恐れはするとしても死霊に遭遇して生き地獄の苦患に陥ることはなかったはずなのだ。そうなると新三郎は、恋心と仏心との間で揺れ動いていることになる。お露との初恋と良石への帰依の岐路に立って、どちらを信じるべきなのかについて戸惑い逡巡している。それではなぜ新三郎はお露の死霊を恐れるのだろうか。本稿の関心はまさにこの点にあり、それこそが『牡丹燈籠』を怪談噺として読むために立てるべき問いなのである。

『怪談牡丹燈籠』の誕生秘話

ここで少し回り道をして、円朝による『牡丹燈籠』創作の経緯について確認をしておこう。このことに関しては、辻惟雄監修『幽霊名画集』所収の延広真治氏の綿密な先行調査があるので、そこで取り上げられた資料を参照しながら進めていく。

雑誌『落語界』第二八号に掲載された斎藤忠市郎氏の「落語史外伝」には、円朝自身による『牡丹燈籠』創作の裏話として貴重な証言が数多く含まれているが、そこで円朝は、二十三歳の時に贔屓にしてもらっていた田中という八十三歳の旗本の隠居から『牡丹燈籠』の本筋「刀屋」系統の元ネタとなった飯島家の事件を聞いたと語っている。屋敷の場所も実際に牛込軽子坂下にあり、そこに出てくる騒動は全て『牡丹燈籠』に組み込まれているのだという。円朝は飯島家のお家騒動を創作の軸に据えて、そこに海音如来と雨宝陀羅尼を絡めた理由を以下のように説明する（引用に際して適宜振り仮名を省略し表記を改めた）。

牡丹燈籠の由来、さて前にもお話し申す通り飯島の一件は実際ありましたものでございます、それに小石川戸崎町是正院の住職を勤めておる私の実兄《あに》は、元日暮《ひくれ》の南泉寺から是正院へ貰われて行きましたもので、その縁故で南泉寺の住職から海音如来の雨宝陀羅尼という呪文を貰い受けました、その中に雨乞や怨霊退散なぞの呪《じゅ》がございますから、そこで飯島の一件を本《ほん》と致してこの雨宝陀羅尼を利かせて、何か面白い読物を拵えようと考えますと、〔以下略〕（斎藤忠市郎「落語史外伝—引退後の圓朝（8）—」『落語界』第二八号、一九八〇年、九一～九二頁）

図 7-1　軽子坂（新宿区揚場町と神楽坂２丁目の境）
現在の飯田濠に船着き場があり軽籠で船荷を運ぶ人がこのあたりに多く住んでいたことから、軽子（軽籠持ち）坂と呼ばれるようになったという。（撮影＝編集部）

『牡丹燈籠』の本文には新三郎が良石から授けられた雨宝陀羅尼経をリンスクリット語から音写した漢訳で読む場面が出てくるが、円朝は寺勤めをしていた実兄の玄昌を介して接することのできた海音如来像と雨宝陀羅尼経の実物を創作に利用したことがよくわかる。（この雨宝陀羅尼経の漢訳音写に関しては、興津要注釈「怪談牡丹燈籠」『明治開化期文學集』の「補注」に詳しい。）

またさらに、別筋「お札はがし」系統の元ネタについても以下のように説明している。

いろいろ怪談物を調べますと、ソレお存知の剪灯新話の中《うち》に牡丹燈記というがございましょう、喬生という鰥夫《やもめもの》が正月十五日の夜に牡丹燈を挑《かか》げた幽冥の美人と邂逅《でっくわ》した事を記してあります、これを盂蘭盆の晩に萩原新三郎がお露の亡霊に会合する事に焼直し、それからお露を始め伴蔵の女房お峯なぞの怨霊を退散致します所で、例の雨宝陀羅尼を持出して呪文を利かせたような次第でございやす、〔以下略〕（斎藤忠市郎、同前、九三頁）

このようにして円朝は『牡丹燈籠』の創作経緯について、飯島のお家騒動から出発して、海音如来と雨宝陀羅尼が「牡丹燈記」と結びついていったという発想の流れをかなり赤裸々に語っている。ただ、十五日間の連続興行を謳う寄席の怪談噺は、最後に落ちが付かないと構成上どうしても破綻してしまうのだろう。それをどうしたかという細部に至るまで、引退後の大名人は惜しみなく開示してくれている。

マア懺悔だと思って何事も包まずお話し申しますが、谷中に新幡随院というお寺がございます、昼は門を通り抜けて経路《ちかみち》を取る事が出来ますが、夜分になると閉めます事でございますから通り抜ける訳に行きませんそこで門外《もんそと》の蓮池に沿ってズーッと行きますと大きな石地蔵がございます、雨の降る夜などは随分淋しい所ですが、これから思い付いて新幡随院の住職と相談の上萩原新三郎の供養の為めに、この地蔵は私が立てたもののように致しました。（斎藤忠市郎、同前、九三頁）

すでに見たように、『牡丹燈籠』の第八回において、新三郎が谷中の三崎にお露とお米の墓所を探しに出かけた時に、探しあぐねて新幡随院を通り抜けるという重要な場面が出てくる。新三郎はそこで新しい墓と大きな角塔婆、さらに雨ざらしになった牡丹花の燈籠を見つけ、それが毎晩お米が掲げてくるものと同じであったために驚いて台所にいた役僧にその所以を尋ねるのである。これは「牡丹燈籠」の小道具を利かせてお露とお米が死者であったことを語り手が明示する決定的瞬間だが、引用文にあるように、こうした新幡随院の風景はまさに円朝が実地に体験していたものであったらしい。

『牡丹燈籠』の語り手は掉尾を飾る新幡随院の濡れ仏の由来を、物語で死んだ平左衛門とお露と新三郎の三人のために飯島家の墓所に祀られたものとして報告する。建てたのは平左衛門に仕えていた孝助であるが、筋書きの上で彼とお露新三郎に接点はほとんどない。そうであるにも関わらず、『牡丹燈籠』の作者としての円朝は先の引用文でわざわざ「萩原新三郎の供養の為めに」と明言している。つまりこの文脈で言えば、『牡丹燈籠』においてもっとも供養が必要なのは、忠臣に親の敵を討たせるために死んだ平左衛門でもなければ一目惚れした美男子のために恋煩いで死んだお露でもなく、金のために主殺しに加担したおみね伴蔵夫婦のような悪党でさえもなく、武士らしくない女々しい優男と言われていたあの萩原新三郎なのである。しかし、なぜ彼なのだろうか。

本稿の結論を先取りしてしまうと、それはこの新三郎が『牡丹燈籠』の中で幽霊に恐れを抱く唯一の登場人物だからだということになるのだが、怪談噺というアイデンティティを構成する論理の要石のところにいる彼こそが、作品全体を通して供養の対象となっているという円朝の発言を軽視することはできない。

新幡随院の良石和尚

ところで、円朝が長編の人情噺を創作する際に利用していたとされる『江戸名所図会』には「普賢山法住寺」の項目がある。（引用に際して適宜振り仮名を省略した。）

> 谷中三崎にあり。浄土宗にして、本尊に阿弥陀如来を安置す。開山は幡随意院了碩和尚なり。その頃一派の高徳にして貴賤の信仰少なからず。宝暦年中〔一七五一‐六四〕当寺を草創す。そのみぎり貴賤男女を択《えら》ばず、土砂を運ぶ輩《ともがら》へ一簣《いっき》ごとに十念を授く。ここにおいて老若を厭はず日々に群集し、不日《ふじつ》に成就せり。この地は清浄《しょうじょう》無《む》塵《じん》の仏界にして、六時《ろくじ》礼讃《らいさん》の声は松風《しょうふう》とともに寂々たり。（『新訂 江戸名所図会5』市古夏生・鈴木健一校訂、ちくま学芸文庫、一九九七年、一二二～一二七頁）

円朝自身の創作草案である『怪談牡丹燈籠覚書』にここでの記述をそのまま引き写した文章があ

ることからも、この法住寺の「了碩和尚」こそが『牡丹燈籠』に出てくる「良石和尚」のモデルと見て間違いない。

また、江戸幕府が編纂した地誌を基に寺社縁起がまとめられた『御府内備考続編』（朝倉治彦編『御府内寺社備考 第三冊（浄土宗）』）にも、宝暦三年に増上寺末寺として「普賢山新幡随院法住寺」を「了碩」が開山した経緯が詳細に記載されているが、そこには公的な地位を示すような報告が見られる。

図 7-2　谷中三崎坂、旧三崎町あたり（撮影＝編集部）

そこでの記述によれば、了碩は八代将軍吉宗（有徳院）及び九代将軍家重（惇信院）の帰依を受け、登城して加持や護符など呪術的な宗教実践を行なうことがあったのだという。先ほどの『江戸名所図会』にも、法住寺開山の折に土砂を運ぶ人々に対しもっこ一杯ごとに浄土宗の作法に則って「南無阿弥陀仏」を十遍ずつ唱えたため貴賤を問わず老若男女が群参したと書かれており、その霊験あらたかなようすを窺い知ることができる。

円朝口演においては第八回に初登場する「良石」は、新三郎が会いに行く前から白翁堂勇斎によって「なかなか豪《えら》い人で、念仏修行の行者」であると紹介されていた。その後で語り手は、新三郎の前に座る良石を以下のように描き出している。

和尚は木綿の座蒲団に白衣《びゃくえ》を着て、その上に茶色の衣《ころも》を着て、当年五十一歳の名僧、寂寞《じゃくまく》としてちゃんと坐り、なかなかに道徳いや高く、念仏三昧という有様《ありさま》で、新三郎は自然《ひとりで》に頭が下《さが》る。（本書、一二一〜一二二頁）

思い返してみると、新三郎は山本志丈からお露が死んだことを聞いて、自分から俗名を書いて仏壇に供えた上で念仏に明け暮れて過ごしており、盆の十三日にはお迎えのための精霊棚の支度をすっかりと整えているような独身者である。『牡丹燈籠』においてはそれがさも当然であるかのようになされているが、新幡随院の良石と面会するに当たって有徳の高僧の御前でもあり「自然に頭が下る」と新三郎が恐れ畏まっているようすから、それなりに熱心な在家の信者であることを示唆する語り手の意図が透けて見える。

例えば、このような良石の人物像を落語の世界における破戒僧の人物像と比較してみるとどうだろうか。円朝作とされる落語『黄金餅』は現在でも高座に掛かる笑話だが、今日まで伝わっている話型では、西念という乞食坊主は病臥して死に瀕しているが金に執着が残って死に切れず、あんころ餅に全財産をくるんで呑み込んでしまうという筋書きである。それを見ていた隣家の金兵衛が火葬後に遺体から金を強奪しようとして西念の葬送を請け負うのだが、焼き札をもらうために持ち込んだ麻布絶口釜無村にある目蓮寺の住職が酔っ払ってあげる破天荒な経はこの噺の爆笑ポイントになっている。

円朝が武士階級に特化した人情噺を創作するようになったのは、師匠である二代目円生が高座で円朝の演目を先取りしたために侍嫌いの師匠が絶対にできない作品をこしらえる必要があったのがきっかけであると、先に引用した斎藤忠市郎『落語史外伝』にも出てくる。貧しい町人が主人公の落し噺に登場する乞食坊主たちは、『牡丹燈籠』のおみね伴蔵夫婦と階級的な親近性がありそうだが、第十回の「本文と解説」で見たようにこの二人にとって何よりも大事なのは命ではなく金である。『黄金餅』にしても、僧侶はおろか死体さえも屁とも思わない金兵衛が、危ない橋を渡りながら遺体から金を奪い取るために右往左往するのである。金に執着して死に切れない西念だけでなく、遺体を持ち込んだ金兵衛を借金が重なった酒屋の使いだと勘違いして追い返そうとした挙句、飲み代のために焼き賃を稼いでいい加減な読経をする目蓮寺の和尚もまた酒への執着を隠そうともしない。

怪談噺の『牡丹燈籠』もこのように庶民が金のために進んで悪事を働く落語の世界と地続きなのだが、そのただ中に良石のような由緒正しき名僧が登場することの意味は何だろうか。このような宗教的権威が、浪人者である新三郎を含む広い意味での武士階級の信心深さに対して果たす社会的な機能を考慮に入れると、「お札はがし」の筋書きが恋着によって死霊となり新三郎に取り憑くお露に対する良石の挫折した悪霊祓いだったことが見えてくる。新三郎が唱えていた雨宝陀羅尼経は何の役にも立たなかったが、良石が念を込めたであろう死霊除けのお札や海音如来像は、お露とお米の死霊を斥けるのに実際に効験があったにも関わらず、金に目の眩んだ伴蔵が如来像を盗み出しお札をはがしたことで新三郎は無残にも死に追いやられてしまった。

名僧知識による有り難い仏のご利益がきちんと通用する場面の背景には、その対極で死体を乱暴に扱い死者に畏敬の念を抱くことなく金や酒に激しく執着する落語の世界の住人たちが存在する。御仏の御威光が届かないのかわからないが、このような世界観においては貧窮のどん底で登場人物たちがあぶく銭をくすねようとする時にこそギラギラとした「悪」の論理が燦然と輝き出すのである。こうした前提を踏まえると、『牡丹燈籠』の登場人物で誰が仏に救済されるのかという問いは、誰が死霊を恐れているのかという問いと明確に対応してくるだろう。

死霊となったお露

ここで先に引用していた小泉八雲「宿世の恋」の記述に戻ろう。新三郎は武士らしくも仏教徒らしくもない身勝手で女々しい優男だという指摘について、『怪談牡丹燈籠』を落語の世界の住人が体現する「悪」の論理と仏による救済を軸にして読み直してみると、また別の見方ができるのではないか。

主人であるお露の後追いをしたという理由でお米の忠君の精神を称揚すべきだとすれば、この文脈でもっとも武士らしく描き出されている登場人物は、父親の孝蔵と主人の平左衛門の敵を討つ本筋の主人公孝助だろう。しかし、平左衛門に仕えるわけでもお露に仕えるわけでもない浪人者萩原新三郎はいったい誰を主人として忠君の精神を発揮すれば良いのだろうか。また、念仏修行の行者として加持や予言をする新幡随院の良石がこの物語でおそらく誰よりも仏教徒らしく描き出されているのだが、自分に恋着する死霊に煩悶して良石への帰依を明らかにしていく新三郎のことを、輪廻転生を信仰してお露と心中しないという理由だけで仏教徒らしくないと断言できるかどうかに関しても再考する余地がありそうである。

新三郎のことを考える前に、ここではまずお露について見てみることにしよう。彼女は、山本志丈が二月に柳島の寮まで連れてきた美男子萩原新三郎に一目惚れをして、それから恋煩いに罹り身まかったと言われているが、問題はその後である。お露は死霊となって盆の七月十三日に萩原宅を訪れると、続けて七晩まで新三郎と逢瀬を重ね偕老同穴の契りを結ぶ。白翁堂勇斎が新三郎の人相を見ると死相が出ており、それに驚いた新三郎は二人の墓所を訪ね、死去しているという事実を確認した上で良石和尚に死霊除けを懇願して以下のように言う。

へえ粗忽《そこつ》の浪士萩原新三郎と申します、白翁堂の書面の通り、何《なん》の因果か死霊に悩まされ難渋《なんじゅう》をいたしますが、貴僧の御法《ごほう》を以《もっ》て死霊を退散するようにお願い申します。（本書、一二二頁）

これに対して良石は以下のように答える。

お前さんの因縁《いんねん》は深しい訳のある因縁じゃが、それをいうても本当にはせまいが、何しろ口惜《くやし》くして祟《たた》る幽霊ではなく、ただ恋しい恋しいと思う幽霊で、三世《さんせ》も四世も前から、ある女がお前を思うて生きかわり死にかわり、容《かたち》は種々《いろいろ》に変えて附纏《つきまと》うているゆえ、遁《のが》れ難《がた》い悪因縁があり、どうしても遁れられないが、〔以下略〕（本書、一二二頁）

まずこの会話を読み解くための前提として、在家の信者として今まさに良石に帰依する心づもりを隠そうとしない新三郎は、お露との関係について「何の因果か死霊に悩まされ難渋をいたします」という自分なりの解釈を語る。良石の返事は、いわば新三郎の問いに対する答え合わせになっていて、お露はすでに生前のあり方とは存在様式を決定的に異にした死霊となっていること、その死霊と新三郎の関係には前世から来世へと続く遁れ難い悪因縁があることを明言している。つまりお露の容姿で夜な夜な萩原宅を訪れる何者かは、柳島の寮で出逢って新三郎に一目惚れをしたあのかわいらしい生娘などではもはやなく、これまでに何代も続いてきてこれからも何代も続いていく恋着によって離れ難く因果の鎖でつながった、得体の知れない「ある女」なのである。そうなると、新三郎が嬉しき枕を交わしたお露の死霊が実はお露ではない別の女の化身だったということが、良石のせりふによってここで暴露されている。

『牡丹燈籠』の読み手である私たちがここで遭遇しているのは、優男の新三郎がお露と心中しようとしない理由ではなく、お露の死霊が新三郎を平然と取り殺す理由なのである。もしも新三郎がお露のことを思いながら死んで一緒に添い遂げようとしない事態を非難の対象にするのであれば、同様にして、お露が新三郎のことを思いながら殺して一緒に添い遂げようとする事態は非難に値しないのだろうか。たとえて言うならば現在のストーカーのように付きまとって、お露は自分に対して拒絶の意思を示す恋人の家を、乳母の手引きで毎晩訪問しては玄関先でさめざめと泣く。そしてこのあどけない小娘は、ついに開錠して侵入が可能になったその晩に恋人の命を奪ってしまうのだ。

こうして「ただ恋しい恋しいと思う」ということを理由にお露は新三郎を取り殺すのだが、それではなぜ美男子というだけで一目惚れしたはずの独身者にこれほどの恋着を示すのかと言えば、それについての良石の答えは次のごとくであった。お露の示す執着はただの恋心ではなく前世から来世まで続く悪い因縁によって結ばれた恋心であったため、現世で新三郎が出会ったお露はある他の女の化身であり仏法による救済は困難であると。良石はここで方便を垂れていて、実際に彼が新三郎に授けたお札も如来像も死霊除けに効験を発揮していたという事実はすでに見た通りである。助からないと脅すことで仏道への入門を促す意図があるかどうかは判然としないのだが、新三郎はこの場面を転機に「心変り」をして恋心よりも仏心に自身の救いを見出そうとしていく。

ここで、お札を貼った屋内から新三郎が訪ねてきたお露を垣間見る場面で円朝の名調子をもう一度確認しておこう。

その中《うち》上野の夜《よ》の八ツの鐘《かね》がボーンと忍《しのぶ》ケ岡《おか》の池に響き、向《むこう》ケ岡《おか》の清水の流れる音がそよそよと聞え、山に当る秋風の音ばかりで、陰々寂寞《いんいんせきばく》世間がしんとすると、いつもに変らず根津《わづ》の清水の下《もと》から駒下駄《こまげた》の音高くカランコロンカランコロンとするから、新三郎は心のうちで、ソラ来たと小さくかたまり、額《ひたい》から腮《あご》へかけて膏汗《あぶらあせ》を流し、一生懸命一心不乱に雨宝陀羅尼経《うほうだらにきょう》を読誦してい ると、駒下駄の音が生垣《いけがき》の元でぱったり止《や》みましたから、新三郎は止《よ》せばいいに念仏を唱えながら蚊帳を出て、そっと戸の節穴から覗《のぞ》いて見ると、いつもの通り牡丹の花の燈籠を下げて米が先へ立ち、後《あと》には髪を文金の高髷《たかまげ》に結い上げ、秋草色染《あきくさいろぞめ》の振袖《ふりそで》に燃えるような緋縮緬《ひぢりめん》の長襦袢《ながじゅばん》、その綺麗なこと云うばかりもなく、綺麗ほどなお怖く、これが幽霊かと思えば、萩原はこの世からなる焦熱地獄《しょうねつじごく》に落ちたる苦しみです、〔以下略〕（本書、一二三頁）

これをもし臆病で身勝手に死にたくないと良石に泣きついた情けない男の姿としてしか聴けないとすれば、『牡丹燈籠』は怪談噺であるという物語自身のアイデンティティを放棄したことになる。しかしながら煩悩に絡め捕られて迷い惑う「凡夫」であることを自覚し、因縁を悟って「仏教徒」になりつつある青年が、恋人への執着を断ち切ろうとして地獄の劫火に焼かれる苦しみを味わう場面として読むならば、ここで美しくも艶やかに描き出されるお露の晴れ姿が彼にとってどれほど残酷なものであるかが理解できるだろう。新三郎は「心変り」を決意したがまだ完全に達成してはいない。目の前で泣いているのは好きで好きで堪らない恋人で、悪因縁で自分を取り殺しに来た死霊であるとはにわかに信じ切れないせいか、恋と仏との間で心が引き裂かれさながら生き地獄をさまよっているのである。すでに円朝自身の芸談で「供養の為めに」と言われていたことを見たが、怪談の犠牲者となった萩原新三郎の姿がここにある。

またここで、語り手がわざわざ「焦熱地獄」と名指している点も注目に値する。これは『往生要集』で源信が説いた八大地獄の一つとして知られており、『地獄と極楽』における速水侑氏の解説によると、この地獄に落ちた者は以下のような苦しみを味わう。

大叫喚地獄の下にある第六の大地獄が焦熱地獄。獄卒は罪人を熱い鉄の地上に横たえ、鉄棒で打ったり搗《つ》いたりして肉団子のようにしてしまう。あるいは鉄の串を肛門から頭まで貫き通し、裏返し裏返し火に炙《あぶ》る。この地獄の豆粒ほどの火でも、人間世界に持って行ったら、一瞬にしてすべてを焼き尽すだろう。この焦熱地獄の火に焼かれる罪人たちは、前の五つの地獄の炎を遠くながめ、この地獄の炎に較べれば、あの炎など霜や雪のように涼しいと思うのだ。（速水侑『地獄と極楽』吉川弘文館、一九九八年、三五〜三六頁）

引用文の後の箇所で「殺、盗、婬、飲酒、妄語、それに加えて邪見の輩、すなわち仏教の因果の理を否定するような邪しまな考えをもったものが、この地獄に落ちる」とさらに記述が続く。先ほど見たように、生きながらにして間違いなくこの地獄に落ちたというのが新三郎の苦患なのであった。語り手の意図が新三郎を「邪見の輩」として指摘することにあるかどうかについては明確でない部分もあるが、死霊と偕老同穴の契りを結ぶという行為によって新三郎は焦熱地獄に落ちるに値する罪人になったというメッセージを怪談噺が聴衆に送りつけていることは疑い得ないだろう。『往生要集』は、落語の成立と深く関係した近世の説教話芸において非常に重要な文献であったという関山和夫氏の指摘もあるが、そのことについては後述する。

その前に、次項では引用文中の「因果の理」について、江戸怪談の論理として機能する側面を確認しておくことにしよう。

勧化本が示す「因果歴然の理」

『牡丹燈籠』の悪因縁の背景については、高田衛氏が『江戸の悪霊祓い師』で指摘した「因果歴然の理」を参照するとわかりやすい。これは、当時の仏教説話における典型的な筋書きの中に見出せるもので、憑霊のような怪異現象をミステリーとした時にその真相を解明する謎解きの前提となる普遍的かつ宗教的な論理である。高田氏は鶴屋南北『法懸松成田利剣《けさかけまつなりたのりけん》』や円朝『真景累ヶ淵』の原案として知られる「累《かさね》伝説」について、下総羽生村の事件で実際に悪霊祓いを行なったという増上寺第三六世祐天上人《ゆうてんしょうにん》の歴史記述を丹念に調査することで、その英雄像の成立過程を詳細に検証している。

以下の引用文は、この憑き物事件の顛末について祐天に直接聞いて書いたという体裁を取る『死霊解脱物語聞書』が、「因果歴然の理」を読み手に対してどのように提示しているかを説明した箇所である。

八右衛門の語りが強調するのは、「むかしの因果は手洗《たらひ》の縁《ふち》をめぐると聞しが、今の因果は針の先をめぐるとぞや」という、彼の言葉に端的に示されるように、当時の唱導者が口を揃えてとなえた、〈因果歴然の理〉であり、その犠牲者としての助と累の悲劇性であった。つまり、先代与右衛門夫婦が、畸形障害の童子、助を殺した。その後、夫婦の間に女子が出生したが、どういうわけか、その女子も「めつかい、てつかい、ちんば」の畸形児で、「おとこ女は替れども、姿は同じかたわもの」という、因果が報いたおそろしい姿形であったというのである。ここでは、累の醜貌にはふれていないけれども、おそらくそれも親の連れ子（助）殺しの報いで、助の生き写しだというのであろう。（高田衛『江戸の悪霊祓い師』ちくま学芸文庫、一九九四年、一二二～一二三頁）

そもそも羽生村の憑き物騒動は、現在の与右衛門の娘お菊に累という先妻の死霊が憑依したことが契機となって、飯沼弘経寺の祐天にその解決を依頼したのが事の発端であった。累は与衛門に水死させられていて、村内に目撃者がありながら黙認されて放置されたことに怨念を抱き、与右衛門の後妻の娘お菊に憑依して村中の悪事を暴露することで村人全員に復讐を遂げる。そして祐天の活躍によって累の死霊が解脱した矢先にお菊は再び異様な憑霊状態になってしまったというのが、この引用文までの経緯なのだが、ここでお菊に取り憑いているのは累ではなく、助《すけ》という先代与右衛門の妻の連れ子である。

ここに出ている八右衛門は村の古老で、六十一年前に起きた先代与衛門の助殺害を記憶する唯一の人物として登場しているが、八右衛門も直接見聞したわけではなく助のことは親から聞いた「因果はなし」であるという。先代与衛門が妻の連れ子であった助を殺し、その子殺しの報いで助と瓜二つに生まれた異父妹の累に因果が巡ったあげく、入婿となった現在の与右衛門によって累が殺されたというのが「因果のサイクル」である。助の死霊は祐天のおかげで解脱した累のことを羨んでお菊に憑依したのだが、六十一年前の助殺しと二十八年前の累殺しの因果関係がこの時点で初めて明白になったため、累殺しの加害者であったはずの現在の与右衛門は、先代の助殺しから続く因縁によって報いを受けた犠牲者として位置づけられることになると高田氏は指摘する。

この八右衛門の論理にしたがえば、先代与右衛門夫婦の助殺しに始まる、〈因果歴然の理〉という大きなサイクルの中に、すべての出来事が画然と位置づけられ、収斂することになろう。そして、事件の怪奇的な印象が強ければ強いほど、その全体像、もしくは全体解釈としての〈因果歴然の理〉の説得力は力を得、また普遍的原理としての正当性も、より強化されることになるのであった。(高田衛、同前、一二三頁)

仏教教化を目的とする一種の勧化本として『死霊解脱物語聞書』を把握すると、稀代の悪霊祓い師祐天への聞き書きという形式によってその真実性を担保したことで、累事件における憑霊現象と死霊解脱は「因果歴然の理」に基づいた仏縁の機会として読み手の解釈を誘引することになる。つまりこの本の読み手は、勧化本が想定している理想的な信仰者となるために、前代未聞の憑き物事件を目の当たりにして「因果歴然の理」を受け容れることが求められているのである。しかも興味深いことに、高田氏の指摘では、「事件の怪奇的な印象が強ければ強いほど」この論理は説得力を増し正当性を強めるというのだから、この種の勧化本においては読み手を怖がらせれば怖がらせるほど仏教教化の目的のためにその効果を発揮するという理路になるだろう。

実際に『怪談牡丹燈籠』を勧化本として読むことの妥当性については次項で話題にするのだが、その前に先に示した良石のせりふが『死霊解脱物語』においてなされている解釈と同様に、死霊となったお露の新三郎への恋着を「因果歴然の理」に従って説明しているということをとりあえず確認しておこう。祐天は稀代の悪霊祓い師として死霊解脱を成し遂げていく一方で、我らが良石は念仏修行の行者として死霊除けに成功はしたものの、金に目が眩んだ伴蔵の悪意によって結局新三郎の命を救うことはできなかった。そしてこのことが、「お札はがし」の一節を勧化本として読むことに鋭い亀裂を生じさせているのである。

3　説教としての怪談噺

幽霊話は凡夫のために

さて、締め括りとして活字にされたテキストから、寄席の現場において円朝口演が惹き起こしていた恐怖体験をいかにして読み取るかについて述べる。ここではまず江戸の庶民が怪談噺をどのように受容していたかに関する一般論として、関山和夫氏の『落語風俗帳』を取り上げる。関山氏は話芸としての説教を念頭に仏教芸能史の中に円朝を筆頭とする落語の怪談噺を位置づけており、そのことを踏まえた上で当時の寄席における恐怖体験の背景について以下のように説明している。

怪談噺がもてはやされたのは、江戸庶民の間に仏教が生き、罪の意識が強かったせいもある。死後の世界に成仏できない哀れさ、それに対する恐怖の念は現代人の想像を超えるものがあったと思われる。仏典を基にしたおびただしい回数による説教（地獄絵などの絵解き説教も含む）により一般庶民の恐怖感は大きかった。怪談は一種の仏教芸能であると私は見ている。それほど説教の影響は強かったのである。怪談噺は、恐怖の遊びであり、戦慄の芸能であった。江戸庶民のささやかな哲学が怪談噺の裏に潜在したことは見逃せない。（関山和夫『落語風俗帳』白水社、一九九一年、一七七頁）

さらにこの直後に続く文章で、関山氏は円朝怪談については以下のように指摘する。

圓朝は、江戸落語を完成したといえるのだが、彼は江戸の思想を受けつぎながら明治に及んだため、みずから演ずる怪談噺に合理性を盛ることにつとめた。つまり、幽霊に近代性を求めようとしたのであった。圓朝の基礎教養は仏教であったため、彼には独特の仏教観があったのである。圓朝の怪談噺は、因果応報や輪廻《りんね》の思想を色濃く背負い、人情噺が単なる人情だけでなく、怪談噺が単なる怪談だけで終わっているのではない。そこに示される仏教的因果の絵相は、まさに「圓朝まんだら」ともいうべき見事な説教が展開されている。（関山和夫、同前、一七七〜一七八頁）

関山氏の記述によれば、文明開化以降の近代化と合理主義が怪談噺の衰退を招き、科学時代となった当今では信仰心も薄れて幽霊の存在など信じられず、怪談噺はナンセンスな芸能になってしまったのだという。ここで称揚されるのは円朝怪談の仏教的な本質を正確に把握していたとされる昭和の名人たちで、具体名が挙げられるのは四代目三遊亭円生と八代目林家正蔵（彦六）である。さらに、聴衆にも噺家にも仏教の素養がなくなってしまった現代において円朝怪談はもう恐怖を惹き起こすことなどできないという嘆き節が展開するのだが、ここまで『牡丹燈籠』を読んできた私たちにはその指摘をにわかに肯定することはできない。しかし関山氏の文脈において円朝口演は仏教の説教であるという大前提は何があっても揺るがないため、現代に生きる私たちは江戸庶民のように幽霊を怖がる仏教徒になれないばかりでなく、円朝の口演速記を読んで虚心に怖がることさえもはや不可能だという論調は堅持されることになる。

ところで関山氏は、『説教の歴史』という本の中で円朝の創作意図にも言及している。

円朝は怪談噺においても決して亡霊を出して人々を怖がらせることを第一の目的として創作したのではなく、仏教の因果応報や輪廻の思想を背負いながら日本民族の底に流れる真精神を哲理をもって解明しようとしたものである。（関山和夫『説教の歴史』白水社、一九九二年、一二五頁）

この引用文には、落語家であるはずの円朝が怪談噺を高座に掛ける実際の意図は寄席で聴衆を恐怖させることではなく、仏教思想を教示して日本民族の「真精神」を解明しようとすることにあったと書かれている。もちろん私たちは、本稿で円朝が怪談噺を創作した「第一の目的」の真相を解明できるとは思っていないが、『牡丹燈籠』の語り手がどのようにして読み手を怖がらせようとしているかについては、「宿世の恋」の解釈を念頭にこれを恋愛譚として捉える立場から対立軸を導き出して、お露の恋着と良石の悪霊祓いを怪談噺として読むための論点にしてきた。しかし、さらにこれを仏教教化を目的とした説教なのだと捉える解釈に対しても新たな論点を設定する必要があるだろう。

もちろんこれまで見てきたように、円朝に独特の仏教観があることや『怪談牡丹燈籠』が因果応報や輪廻の思想を色濃く背負っていることは疑い得ない事実である。しかし噺家円朝が仏教思想に慣れ親しんでいたということと、円朝口演が仏教教化を目的とした説教であるということを、一つにして論じてしまうのは乱暴である。人情噺や笑話も含めて落語という芸能自体がすべからく仏教の説教であるという関山氏の指摘を受け容れるとすれば、信仰心が希薄になったと言われる現代の私たちに円朝怪談を怖がる素質などもうほとんど備わっていない、という結論に行きつくのは当然の理路であろう。だがもしそうであったとしても、怖がらせることが究極の目的でないはずの円朝怪談が、それではなぜ寄席の聴衆を実際に怖がらせる必要があったのかについての具体的な説明を、この方向から導き出すことはできない。先に岡本綺堂の記述を参照したように、円朝の怪談噺が文明開化を経て欧化主義の吹き荒れる東京中の聴衆を虜にしていたのが事実だとすれば、仏教思想の素養だけを特化して『牡丹燈籠』の恐怖の根柢に据えることには無理があるのではないか。

前章の「本文と解説」で試みたのは、『牡丹燈籠』を円朝と同時代の他の落語のテクストと重ね合わせてみた上で、落語的想像力によって構築された世界観の中でそこにある物語の背景を描き出すことであった。当時創作されたものに現在でも笑える演目が数多く存在するにも関わらず、そこに現在でも怖がれる演目が存在しないと考えるのはいささか性急に過ぎる。少なくとも『牡丹燈籠』の眼目である「お札はがし」の一節は熱心な信仰者でなくとも、いやむしろ仏教思想については日常生活を過ごす中で聞きかじった程度の浅薄な知識しかないからこそ存分に怖がることができるのではないか、というのが本稿の見立てであった。

出版された速記本の『牡丹燈籠』には、坪内逍遥や速記者若林玵蔵とともに明治時代の戯作者総生寛が古道人の名前で序文を書いているが、そこに以下のような指摘がある。（引用に際して適宜振り仮名を省略した。）

世の中には不可思議無量の事なしとは言い難し殊に仏家の書には奇異の事を出《いだ》し之を方便とな

し神通となして衆生の済度の法《のり》とせり是篇《このへん》に説く所の怪事も亦凡夫の迷いを示して凡夫の迷いを去り正しき道に入らしむるを栞《しおり》とする為めなれば事の虚実は兎まれ角まれ作者の心を用うる所の深きを知るべし（古道人「序」『怪談牡丹燈籠』岩波文庫、二〇〇二年〔改版〕、七頁）

この引用文には、この世には計り知れない不思議な出来事があり、仏書ではそのような怪異を語ることを方便として仏力が顕現する衆生救済の手本としてきたと指摘した上で、虚構か現実かは脇に置いても『牡丹燈籠』の説いている「怪事」は煩悩に迷う人々が仏道に励むための道標になるとしてある。

古道人がここで想定している読者像は、紛れもなく「凡夫」であり仏縁を得ることなく迷っている人々である。ここで言う「怪事」がお露の死霊が出現したことだとするならば、『牡丹燈籠』の中で読者に先立ち誰よりも早く「凡夫の迷い」を体現し、正道に導かれるように努めていた人物こそが萩原新三郎であったことは言うまでもない。彼は死霊に取り憑かれて恐れ戦き、良石にすがることで自らの遁れ難い悪因縁を悟ったのであった。そのことを踏まえて古道人の言葉を敷衍してみるならば、『牡丹燈籠』を読むことを通して幽霊に畏怖の念を抱くことこそが、私たち読者にとっては「凡夫の迷い」を自覚して、正道に導かれる絶好の機会になるのだと宣言していることになるだろう。

新三郎はなぜお露の死霊を怖がるのか

『牡丹燈籠』の登場人物の中で誰が具体的にお露の死霊を怖がっていたかを思い出してみると、第六回で新三郎との逢瀬を覗いた伴蔵である。伴蔵は物語の上での第一発見者で、お露がこの世のものではないと気づいて驚愕し「化物だ化物だ」と叫んでいた。第八回でそのことを知らされた新三郎は、良石にすがって屋敷中にお札を貼り如来像を抱きながらお露を垣間見たことで、生きながら地獄に落ちたように戦慄したという場面はすでに確認した。その次の第十回ではお米の死霊に伴蔵が金子百両を掛け合う場面が続くが、ここで伴蔵も命を賭けた直談判によってやはり激しい戦慄を味わっている。しかしながら、この二人が戦慄する内実は同じものではないだろう。前章の1で引用した「寄席と芝居と」（八三頁）の岡本綺堂が称揚する円朝の凄味はおみね伴蔵の対話における話芸の妙から指摘されたものであるが、これが犯罪小説の醍醐味を備えた場面に見えることもすでに言及した通りである。

おみねと共謀した上で伴蔵は最終的に命と金を秤に掛けて百両の獲得を優先する。伴蔵が何によって救われると信じ込んでいるかということを考えた場合、本末転倒に聞こえるかもしれないが彼にとって重要なのは自分の命よりも百両の金であり、これを言い換えるとおみね伴蔵の夫婦は金銭を救済のよすがにしていると言えるだろう。同様にして考えた場合、お露は自分の命よりも新三郎との恋愛を優先していて、お米と孝助は自分の命よりも主人への忠義をそれぞれ優先していたのである。伴蔵にまだ世俗的な人間味があるのは、彼がお米の死霊に恐れを抱き、結果として金を騙し取るとはいえ命を惜しがっている点でまだ完全な金の亡者ではないからである。それに引き換えると、死霊となったお露は自分の命はおろか新三郎の命を配慮する素振りを微塵も見せず、ひたすら恋に邁進する。

新三郎は死霊に取り憑かれ良石に帰依するが、恐怖を完全に克服できるほどの信心深い仏教徒にはまだなれていない。その意味で彼は未信仰者であり紛れもない「凡夫」なのだが、お露が体現しているこの悪因縁から逃れたい救われたいという思いを胸に、死霊除けのお札を貼って海音如来像を抱きながら熱心に雨宝陀羅尼経を唱えていた。その一方で、新三郎は死してなおも美しいお露という娘への執心も捨て切れず、死霊だと理解しようとするもののその艶姿に戸惑い煩悶するのである。つまり彼はどっちつかずであり、仏にも恋にも金にも忠にも積極的な救いを見出せず、何を対象に定めるにせよ不完全な信仰者のままなのだ。家来同様の伴蔵でさえも、最後には恐怖を克服して金銭を獲得し後に大悪党にまで出世するのに、新三郎は身近に死が迫る直前になっても自分が何によって救われるべきかを決めかね、いつまでも右往左往しているあり様である。

このようにして彼は信仰によって恐れを乗り越えることができないがゆえに、怪談噺の主人公でありかつ犠牲者として、伴蔵の悪意とお露との悪因縁に絡め捕られて死んでいく。この物語を読むことによって、そこに世俗の悪を見出すのも仏の因果を見出すのもそれは読み手の自由であろうが、救済の選択肢がいくつも提示されているという点で『牡丹燈籠』は仏教教化のみを目的とした純粋な勧化本ではあり得ない。なぜならこれらの選択肢の中からどれが正解かを決めることができるのは、作者の円朝でもなければ登場人物の誰でもなく他ならぬ私たち読者なのだから。その意味で、『怪談牡丹燈籠』の物語全体が新幡随院に死者供養のために建てられた濡れ仏の縁起譚として大団円を迎えるとしても、怪談噺としての矜持を保つ「お札はがし」の中で決定的な救いがもたらされることはなく、新三郎はお露に取り殺された後になって、その物語の外部で噺家に供養されるのを待つだけの身になるのである。

ここまでは、それぞれの読書体験において速記の読み手が新三郎や伴蔵に寄り添って幽霊への恐怖を享受する可能性があるのかないのか、あるとすればそれがどのようにして可能になるのかを提示することを目的としてきた。そのため、なぜ新三郎がお露の死霊を怖がるのか、そこからなぜ人によって『怪談牡丹燈籠』を怖がることができるのかについて考察する道を、以上の記述で開くことができていれば幸いである。

仏心と恋心

本稿では、怪談噺の口演の内部に多層的に織り込まれている「恐怖」とか「恋愛」とかいう感情体験を、できる限り並立させて描き出そうとしたつもりである。それは、受け手が自分の感情体験を権威づけられた唯一の論拠にする限り、怪談噺はその瞬間から意味の多様性を失い思想を伝える道具に成り下がってしまうからである。そのことを考慮した上で、『牡丹燈籠』における恐怖体験の本質について解明しようとするためには、まず怪談噺を多義的なまま「読み」の俎上に上げる必要がありそのような立場で記述することにした。

本稿で設定したかった救済のよすがとなる二項対立は「仏心」と「恋心」であり、怪談噺の恐怖体験は救いを求める聴衆や読者に対して「仏心」と「恋心」のどちらを取るべきかを強いるような脅迫めいた実践を行なっているというのがここでの結論である。そのとき、「恐怖」という感情は受け手が選びたい思想によってどんな内容に解釈することも可能となるが、そうであるがゆえに根本にあるはずの「恐怖」そのものはどこまでいっても言語化することができないままに留まるだろう。この得体の知れない「恐怖」なるものが幽霊の形を取って話の中に出てくる時、具体的な死生観や死者像を背景に持つ生身の語り手がある種の救済を説諭するような物語を起動させるのである。つまり、救われない死霊に対する畏怖の念を媒介にしながら、そのような物語は受け手が何によって救われるべきかを同時に暗示することになる。

物語における幽霊という登場人物は、少なくとも円朝の時代までの怪談文化でもっとも持てはやされた「恐怖」の形象化の一つの典型例であるだろう。先行研究の中には、円朝怪談を解説する際に『源氏物語』で生霊や物の怪が出現する場面の記述にまで遡って言及するものがいくつかあるが、何が「幽霊」なのかという定義の問題も含めて、その解釈と変遷そのものがそれほど根深い文学史的な議論を孕んでいるということでもある。そしてこのことは、加持祈祷や怨霊調伏の作法がどのように成立したかと深く接しているために、宗教史とりわけ密教受容の歴史とも親しく関わり合っている。もしかしたら萩原新三郎が第八回にサンスクリット語の漢訳音写で雨宝陀羅尼経を唱えようとする背景には、こんな淵源があるのかもしれない。

図 7-3 「伴蔵霊符を除いて幽鬼を導く」
（春陽堂版『圓朝全集巻の二』よりいわゆる「お札はがし」の場の挿絵（歌川亭斎））

左下に転倒しているのは伴蔵、はがしたお札を握っている。右の窓から中に入ろうとしているのがお露とお米。お露は新三郎のもとにまっしぐらといった表情、お米は転倒した伴蔵をふりかえっている。第六章の第十二回本文と解説参照。

〔コラム〕

牡丹灯籠ゆかりの寺

円朝の『怪談牡丹灯籠』は、お露の父飯島平左衛門の忠臣・孝助が主人の仇を討ったあと、「孝助は主人のため娘のため、荻原新三郎のために、濡れ仏を建立したという。これ新幡随院濡れ仏の縁起で、この物語も少しは勧善懲悪の道を助くる事もやと、かく長々とお聴きに入れました」と終わる。円朝は谷中三崎坂の寺、新幡随院にある露天の石地蔵に目をとめて、その由来譚という体裁で『牡丹燈籠』を語った。いま谷中に新幡随院はない。昭和十年に足立区に移転したという新幡随院を訪ねてみた。

新幡随院のあるあたりの住所は足立区東伊興四丁目だが、関東大震災後の区画整理のため都心から寺院がいくつも移転してきたため、竹ノ塚駅から出ている東武バスの最寄りバス停も「北寺町」となっている。

新幡随院は正式には浄土宗新幡随院法受寺。境内に入ると左手に牡丹灯籠の記念碑があった。右側にお露の亡霊が描かれ、中央には円朝『牡丹灯籠』の名場面が抜書きされている。記念碑の左がわにある石仏が、円朝の言う「濡れ仏」ということになるのだろうが、石の色が新しいし、お顔も現代風だ。

ご住職の難波大昭師のお話をうかがうことができた。

――こちらが『牡丹灯籠』ゆかりのお寺とのことですが、碑には「法住寺」と書いてあります。

ああそうなんですね。「法受寺」が正しいのですが、江戸時代の文献には「法住寺」と書いてあるものが多い。むしろ「新幡随院」として広く知られていたので不便はなかったのかもしれません。碑の文字は寄席文字の書家・橘右近師匠にお願いしたのですが、やはり落語の世界でも「法住寺」と呼びならわしているそうで、江戸の庶民からそう呼ばれていたということもこの寺の歴史の一つであろうと思ってそのままにしています。

法受寺境内にある牡丹灯籠の碑（右）と碑の横にある石仏（左）
碑には「新幡随院法住寺　濡れ佛の縁起／怪談牡丹燈籠／三遊亭圓朝演述 橘右近」とある。（撮影＝編集部）

――牡丹灯籠の碑の横にある石仏は新しいもののようですが。

もちろん幕末の円朝のころのものではありません。私の代で記念碑を建てたときに円朝の落語に出てくる濡れ仏を模してつくったものです。円朝と当時の住職の交流を物語る資料などもあればよかったのですが、谷中にあったころのものは関東大震災で破損したり焼けてしまったりして、ほとんど残っていないのです。ですから、なんだ古いものじゃないのかと残念がる方もいますが、この寺があの『牡丹灯籠』の舞台だったということを次の世代に伝承する一助になればと思って建立しました。

（編集部）

第八章　深川北川町の米屋の怪談
――『漫談　江戸は過ぎる』より

解説＝広坂朋信

1　米屋の怪談について

三遊亭円朝の『怪談牡丹燈籠』は、本書第六章にあるとおり、刀屋系統の敵討ちの物語と、お露と新三郎の恋物語との二つの物語が交互に語られている。このうちお露新三郎の物語が牡丹灯籠怪談にあたる。これはもちろん『剪燈新話』の「牡丹灯記」あるいは、その翻案である『伽婢子』の「牡丹灯籠」を骨子にしてつくられたものには違いないが、円朝は創作にあたって江戸市中で語られた噂も参考にしていたのではないかと推測されている。(1) それが、深川北川町の米屋の怪談である。

江戸時代の深川北川町は、現在の東京都江東区永代二丁目の一画である。永代通りに面して明治の大実業家・渋沢栄一(2)の旧宅跡があり、その裏手は旧渋沢財閥の関連会社の所有地になっている。この

図 8-1　渋沢倉庫発祥の地（江東区永代２丁目）にそびえる商業ビル。この手前が渋沢栄一旧宅跡。このあたり一帯に近江屋があった。（撮影＝編集部）

あたりを北川町と称し、幕末のころは米問屋近江屋の店や住居や蔵で占められていた。だから北川町といえば近江屋のことを指していた。近江屋の代々の当主は飯島喜左衛門(3)と名乗り、米屋といっても近江屋は大名を相手に商売していた豪商だったことは円朝も語っている(4)。

　この富裕な商家について噂された怪談とはどんなものだったのか。本章では、幕末の江戸の記憶を聞書きした河野桐谷編著『漫談　江戸は過ぎる』（萬里閣書房）より、「北川町さんの話」と「牡丹灯籠のお露さん」を抜粋して紹介する。

西村勝三未亡人(5)による「北川町さんの話」は、縁者が近江屋に勤めていたという、かなり近しい関係の女性による回想。牡丹灯籠にふれているのは一か所だけだが、往時の近江屋の豪奢なくらしぶりをうかがうことができる。

都築幸哉(6)による「牡丹灯籠のお露さん」は、町奉行所与力だった話者の父親からの伝聞だが、米屋の怪談の内容を具体的に語っている。
米屋の怪談には、近江屋の当主の名・飯島喜左衛門が円朝『牡丹燈籠』に出てくるお露の父の名・飯島平左衛門と似ていること、近江屋の次男の妻の名がお露といったことなど、円朝『牡丹燈籠』との関係を連想させる点があるが、円朝自身は近江屋がモデルだとは言っていない。だから、これがお露新三郎のモデルだとは言い切れない。ただ、円朝『牡丹燈籠』は近江屋の怪談からヒントを得て作られたのだろうと思った人びとがいたことは事実である。

〈注〉
(1) 例えば岩波文庫『怪談牡丹燈籠』の奥野信太郎による「解説」を参照。ただし、円朝自身はこのことにふれていない。
(2) 渋沢栄一(一八四〇 - 一九三一)は、明治期の実業家。多方面にわたって活躍した。
(3) 幕末の近江屋の最後の当主・飯島喜左衛門は、維新後、店を手放し、荻江節の家元・四代目荻江露友として生きた(円朝には荻江節の初代家元をモデルにした咄もある)。ところで飯島といえば、円朝『牡丹灯籠』でのお露の実家である。この飯島という姓については、円朝の記憶では、本書第六章でふれられている通り牛込軽子坂下の旗本のこととされるが、江戸時代の切絵図を見ると軽子坂下に飯島という旗本の屋敷が見当たらない。一方で、岡本綺堂によれば「飯島家の一条は、江戸の旗本戸田平左衛門の屋敷に起こった事実をそのまま取り入れたもので、それに牡丹燈籠の怪談を結び付けたのである」(「高座の牡丹燈籠」)と言う。天保元年の地図を見ると軽子坂の近く、現在の新宿区揚場町二丁目のオフィスビルの立ち並ぶ界隈に戸田家の屋敷があった。綺堂の指摘はこのことだろう。もし綺堂の指摘が当っていれば、円朝『牡丹灯籠』の刀屋系統の物語は戸田家の事件から、飯島という姓は深川の近江屋からとられたことになる。

（4）円朝の回想　「北川町の近江屋喜左衛門と云う大家の旦那、此の人は誠に芸好きでございます。実に得難いお方で、若い時分から金銀に御不足がないから諸大名へお金御用を勤めました。目下アノ渋沢栄一様のおいであそばす福住町のあすこが近江屋さんのお宅で、あの河岸を近江屋河岸と申しました。倉庫でズーッと取り巻いて中に普請をなすって庭を広く取り、毎晩御酒をあがるときに出入りの者残らず芸人を呼んで指物師から大工左官まで出入りの者をズーッと五十人ぐらい集め酒盛りをなすって、いろいろ芸を見たり聴いたりするのを楽しみになすって」（「名人競」『円朝全集 第十巻』岩波書店）。引用文中「福住町」とあるのは現在の江東区福住町ではなく、明治十一年に北川町と奥川町が合併して福住町と称した地域。旧渋沢邸と渋沢倉庫が近江屋の跡地に建てられたことは「北川町さんの話」と「牡丹灯籠のお露さん」からもうかがえる。

（5）西村勝三（一八三六 - 一九〇七）は明治期の実業家。靴製造、煉瓦製造などの日本におけるパイオニア。事業を通じて渋沢栄一とも交流があった。その夫人については未詳。

（6）都築幸哉（一八七七 - 一九四二）は明治期の漆芸家、香道家元。父は町奉行所与力。

2「北川町さんの話」

紫宸殿を模した雛飾

私《わたし》のお祖母《ばあ》さんの甥《をい》が、北川町《きたがはちやう》さん（深川北川町《ふかがはきたがはちやう》の玄米問屋《げんまいとんや》近江屋《あふみや》のこと）の番頭《ばんとう》をして居《ゐ》ましたが、もう余程《よほど》位置《ゐち》がよくて、北川町《きたがはちやう》の構《かま》への中《うち》に家《うち》がありまして、昔《むかし》、露友《ろいう》となつた方《かた》の、親旦那《おやだんな》に勤《つと》めて居《ゐ》ました。そんな関係《くわんけい》で、私《わたし》も子供《こども》の時分《じぶん》によく遊《あそ》びに行《ゆ》きました。北川町《きたがはちやう》には其頃《そのころ》有名《いうめい》なお雛様《ひなさま》がありましたがそれは〳〵立派《りつぱ》なお雛様《ひなさま》で、其頃《そのころ》「あゝ云《い》ふお雛様《ひなさま》をつくつたから、北川町《きたがはちやう》は潰《つぶ》れた」と人々《ひと〴〵》が云《い》つた位《くらゐ》です。お雛様《ひなさま》のために紫宸殿《ししんでん》の様《やう》な御館《おやかた》をわざ〳〵つくつて、人形《にんぎやう》は皆《み》な象牙《ざうげ》で出来《でき》て居《ゐ》ました。

お雛様《ひなさま》は二間《ま》続《つゞ》きに飾《かざ》つてあつて、縁故《えんこ》の無《な》い者《もの》には見《み》せません。お雛様《ひなさま》を飾《かざ》つた時《とき》には、親類《しんるゐ》や何《なに》かを招《まね》いて、御馳走《ごちそう》をしました。そこには、私《わたし》の友達《ともだち》で二つ年上《としうへ》のお梅《うめ》ちやんといふ人《ひと》がゐて、良《よ》く遊《あそ》びに行《ゆ》きました。露友《ろいう》さんは、弟《おとうと》さんと、お嬢《ぢやう》さんとがありましたが、露友《ろいう》さんのお母《かあ》さんや、お父《とう》さんは、その頃《ころ》居《ゐ》たかどうだか子供心《こどもごゝろ》で憶《おぼ》えてゐません。

『漫談　江戸は過ぎる』

御着衣の係り

妾《わたし》の甥《をひ》のお母《かあ》さんが、女中頭《ぢよちうがしら》をして居《を》りました。通勤《かよひづと》めで、奥《おく》を取締《とりしま》つて居《ゐ》て、歳《とし》は六十近《ぢか》かつたが、着物《きもの》の係《かゝ》りをして居《ゐ》て、何方《どのかた》のお着衣《めし》はどれ丈《だ》け、これ丈《だ》は何方《どのかた》のお着衣《めし》と、ちやんと帳面《ちやうめん》につけてあつて、土用干《どようぼ》しの時《とき》には、自分《じぶん》が監督《かんとく》して、外《ほか》の奉公人《ほうこうにん》を使《つか》つて、帳面《ちやうめん》と引合《ひきあ》はせては土用干《どようぼ》しをしました。鍵《かぎ》などもみんな自分《じぶん》が預《あつか》つて居《を》るのでした。

浮世絵の美男

お嬢《ぢやう》さんは原庭《はらには》の何《なん》とかいふ質屋《しちや》に嫁《かたづ》きましたが着物等《きものなど》も随分沢山《ずゐぶんたくさん》持《も》つて行《ゆ》き、立派《りつぱ》な婚礼《こんれい》をしたけれど、直《ぢき》にそこもいけなくなつたのでした。旦那《だんな》（露友《ろいう》）の次《つぎ》は、弁次郎《べんじらう》さんといふ人《ひと》で、この人《ひと》は馬鹿《ばか》に色男《いろをとこ》で、浮世絵《うきよゑ》の美男《びなん》みた様《やう》な人《ひと》でした。何《いづ》れ次男坊《じなんばう》ですから養子《やうし》にでも行《い》つた事《こと》でせうが、未《ま》だ北川町《きたがはちやう》の家《うち》に居《ゐ》る時分《じぶん》に、吉原《よしはら》の仮宅《かりたく》が、深川《ふかゞは》にありまして、甲子屋《きのへねや》といふ家《うち》の花魁《おいらん》に、深《ふか》くはまり花魁《おいらん》も亦《また》その人《ひと》にすつかりはまり込《こ》んでしまひましたが、未《ま》だ部屋住《へやず》みのことですから、身受《みう》けするだけの力《ちから》はなかつたけれど、花魁《おいらん》が年明《ねんあ》けになつて、二人《り》して家《いへ》を持《も》ちました。仲町《なかちやう》の泉屋《いづみや》といふ紙《かみ》屋《や》の裏《うら》に綺麗《きれい》な家《いへ》があつて、其処《そこ》に住《すま》つて居《ゐ》ましたことを、私《わたし》が八つか九つ位《ぐら》ひの時《とき》、ちよこ〳〵遊《あそ》びに行《ゆ》つて覚《おぼ》えて居《を》ります。養子《やうし》に行《い》つて、円朝《えんてう》の牡丹灯籠《ぼたんどうろう》の話《はな》しの種《たね》になつたといふのは、その後《ご》のことでせう。それから終《しまひ》に、此人《このひと》は、その頃《ころ》でいふ蝦夷《えぞ》に行《い》つて、それつきり行方不明《ゆくへふめい》になつたとかいふ話《はな》しを聞《き》きました。

私《わたし》どもの十五六の時分《じぶん》には、未《ま》だ北川町《きたがはちやう》さんもどうかして居《ゐ》る頃《ころ》なので、露友《ろいう》さんが、深川《ふかがは》で芸妓《げいしや》遊《あそ》びなどを盛《さかん》にして居《ゐ》ました。露友《ろいう》さんの遊《あそ》びは、普通《ふつう》の遊《あそ》び方《かた》とは違《ちが》つて平岡大尽見《ひらをかだいじんみ》た様《やう》な遊《あそ》び方《かた》で、芸妓《げいしや》を呼《よ》んでは、一晩中稽古《ばんぢうけいこ》をしてやつたりして、従《したが》つていゝ芸妓《げいしや》でなくては呼《よ》びません、それで割合《わりあひ》に吝《し》みつたれでしたから、花街《いろざと》では鼻つまみだつたといふことです。

さう断《こ》ふして居《ゐ》る中《うち》に、いけなくなりました。北川町《きたがはちやう》の屋敷《やしき》を渋沢《しぶさは》さんに売《う》つて、柳橋《やなぎばし》のおいくさんの所《ところ》に這入《はい》つてしまひ、沢山子供《たくさんこども》が出来《でき》たのです。（以下略）

（西村勝三氏未亡人）

3　「牡丹灯籠のお露さん」

みの龜の住む大池

私《わたし》も父《ちち》から聞《き》いたことですから、良《よ》くは知《し》りませんが、飯島《いひじま》は余《よ》程大《ほどおほ》きかつたものらしいのです、玄《くろ》

『漫談　江戸は過ぎる』

米問屋《ごめどひや》で、大名《だいみやう》から玄米《くろごめ》をとつて金《かね》に換《か》へたのです、先祖《せんぞ》が近江《あふみ》から出《で》たので、近江屋《あふみや》と云《い》つた、そして、代々当主《だいくたうしゆ》は喜左衛門《きざゑもん》と云《い》つたので、それで、俗《ぞく》に近喜《きんき》々々《く》と云《い》つたのでせう。北川町《きたがはちやう》一町内《ちやうない》が住《すま》居《ゐ》で、堀割《ほりわり》の中《なか》にみの、、の龜《がめ》が居《ゐ》るので、畫家《ぐわか》がよくスケツチに出《で》かけました。その龜《かめ》は大分《だいぶ》大《おほ》きかつたさうです。古《ふる》く年経《としへ》たので、龜《かめ》の甲羅《かうら》には藻《も》が三尺《じやく》位《ぐらゐ》生《は》へて居《ゐ》たさうです。時折天気《ときをりてんき》の良《よ》い日《ひ》など、その龜《かめ》が浮《う》いて居《ゐ》るので、それが家《いへ》の栄《さか》えるしるしであるとか云《い》つて、大層珍重《たいそうちんちよう》したさうです。

倉がみんな鳴出す仕掛

随分沢山金《ずゐぶんたくさんかね》も御座《ござ》いました。夜分臥《やぶんふ》せる時《とき》など、倉《くら》の戸前《とまへ》を閉《し》めますが、倉《くら》に金網《かなあみ》の戸《と》があつて、その中《なか》へ一足《あし》でも、外《そと》の者《もの》が踏込《ふみこ》むと、仕掛《しかけ》がしてあつて、沢山《たくさん》ある倉《くら》がみんなガタ〱鳴《な》る様《やう》になつて居《ゐ》たさうです。

それで、倉《くら》の戸《と》を閉《し》める時《とき》には、何処《どこ》か一ケ所《しよ》剝《は》がす所《ところ》があつて、其処《そこ》を剝《は》がして置《お》いてから戸《と》を締《し》めたさうです。

牡丹灯籠《ぼたんどうろう》のことは、私《わたし》も明瞭《はつきり》は知《し》りませんが、其当時《そのたうじ》の当主《たうしゆ》に息子《むすこ》が二人《り》か御座《ござ》いまして、そして次男《じなん》の方《はう》が、あの円朝《えんてう》の講談《はなし》にある様《やう》に、深川《ふかがは》八幡《まん》の境内《けいだい》に茶《ちや》の宗匠《さうしやう》があつて、その宗匠《さうしやう》のところに、茶《ちや》の稽古《けいこ》に行《い》つて居《ゐ》ました。一方木場《ぱうきば》の大《おほ》きな材木問屋《ざいもくどひや》の娘《むすめ》さんが、お露《つゆ》といつたさうですが、それが婆《ばあ》やを連《つ》れて、やはり同《おな》じ深川《ふかがは》八幡《まん》の境内《けいだい》にある宗匠《さうしやう》の処《ところ》へ、茶《ちや》の稽古《けいこ》に来《き》て居《ゐ》て、つまりその茶《ちや》の宗匠《さうしやう》が中《なか》にはいつて、話《はなし》が纏《まと》まつたのでせう。然《しか》し話《はなし》のまとまる歬《まへ》から、片方《かたはう》は美男《びなん》だし、片方《かたはう》は美《び》女《ぢよ》だし、それでよかつたものでせう。そこらを、例《れい》の円朝《えんてう》が書《か》いたものでせう。

　円朝《えんてう》の講談《はなし》にも、やはり茶《ちや》の宗匠《さうしやう》がありますが、そこからとつたものでせう。それから、縁《えん》がまとまつて、愈々《いよ〳〵》一緒《しよ》になつて、暫《しばら》くたつと、そのお露《つゆ》さんが唯今《たゞいま》で云《い》ふと肺病《はいびやう》とでも云《い》ひませうか、長《なが》煩《わづ》らひの床《とこ》についてしまつた。折角《せつかく》もらつた細君《さいくん》が寝《ね》てしまつたので、……それでも冣初《さいしよ》の中《うち》は気《き》の毒《どく》でもあるから、枕元《まくらもと》で御飯《ごはん》を食《た》べて居《ゐ》たのですが、女中《ぢよちう》のお給仕《きうじ》では詰《つま》らなくなつて、お露《つゆ》さんの妹《いもうと》が来《き》て、自分《じぶん》の姉《ねえ》さんの亭主《つれあひ》の世話《せわ》を焼《や》いてゐるといふ風《ふう》でした。ところが、それが寝《ね》てゐる者《もの》には、あまり感心《かんしん》しなかつたのでせう、長《なが》い間見《あひだみ》せつけられて、遂々《とう〳〵》死《し》んでしまつたのです。手厚《てあつ》い葬式《とむらひ》があつて、相当《さうたう》の日《ひ》を経《へ》て今迄《いまゝで》姉《あね》に代《かは》つて世話《せわ》をして居《ゐ》た妹《いもうと》が、後《あと》に直《なほ》ると云《い》ふことになりました。それがなんです、飯島《いひじま》の方《はう》から材木屋《ざいもくや》の方《はう》に養子《やうし》に行《い》つてさうなつたのですから跡相続《めとさうぞく》のために妹《いもうと》を直《なほ》したのです。その間《あひだ》が半年《はんとし》たつたか、一年《ねん》たつたか、とも角《かく》も相当《さうたう》な時《とき》を経《へ》て、妹《いもうと》が細君《さいくん》に直《なほ》ることになつて、愈々《いよ〳〵》婚礼《こんれい》といふ晚《ばん》に、その妹《いもうと》が歿《な》くなつてしまつた。つまり急死《きふし》なんですね、それで、片方《かたはう》の男《をとこ》が、すつかり怖気《おじけ》がついて、厭《いや》になつて、自分《じぶん》は身《み》を引《ひ》いて、隠居《いんきよ》さして呉《く》れといふので、池《いけ》の端《はた》に隠居所《いんきよじよ》を造《つく》つて、下男《げなん》を一人《り》使《つか》つて、すつかり隠居《いんきよ》してしまつたのです。風流《ふうりう》な芝居《しばゐ》でする様《やう》な、若《わか》い綺麗《きれい》な隠居《いんきよ》でしたでせう。それから、夜《よ》な〳〵神経《しんけい》でせう、呻《う》なされる訳《わけ》です、まさか婆《ばあ》やもついて来《こ》なかつたでせうが、先《せん》の細君《さいくん》のお露《つゆ》さんと、今度《こんど》の細君《さいくん》の妹《いもうと》とが、二人連《りづれ》で来《く》るのですからたまりません、それから到頭剃髪《とうくていはつ》して僧侶《そうりよ》になりましたが、几等《いくら》も経《た》たないうちに死《し》んでしまひました。それ以上《いじやう》詳《くは》しいことは知《し》りませんが、まあそんな筋衜《すぢみち》なんです。大分《だいぶ》因縁《いんねん》のある話《はなし》です。それを円朝《えんてう》のことですから、直《す》ぐ捉《つ》かまへて、支那《しな》の何《なん》とかいふ話《はな》しと一緒《しよ》にして、牡丹灯籠《ぼたんどうろう》を作《つく》つたものでせう、あの芝居《しばゐ》にも、飯島《いひじま》なんとかいふのが出《で》ますが、こちらの方《はう》は、飯島弁次郎《いひじまべんじらう》と云《い》ひました。

円朝《えんてう》は、年中出《しよつちうで》はいりして居《を》りました。又是真《またぜしん》なども出《で》はいりして居《を》りました。其当時《そのたうじ》には飯島家《いひじまけ》は贅沢《ぜいたく》なもので、桑《くは》の宜《よ》い目《め》にのゝしといふ形《かたち》が彫《ほ》つてあつて、それに是真《ぜしん》などが蒔絵《まきゑ》をいたしました。それを、のゝの字《じ》の書《か》いてあるところに、盃《さかづき》を置《お》いて、向《むか》ふにさす、向《むか》ふも亦呑《またの》んでは、のゝの字《じ》の所《ところ》に盃《さかづき》をのせて順《じゆん》に廻《まは》すといつたやうなことを致《いた》しました。そののゝし形《がた》のものが私《わたし》の家《ところ》にも一品《しな》ありましたが此頃一寸見当《このごろちよつとみあたら》なくなりました。（以下略）

（都筑幸哉氏）

おわりに

花《はな》による胡蝶《こちょう》の夢《ゆめ》か
まほろしか
きえてはかなき
牡丹燈籠《ぼたんどうろう》

数照

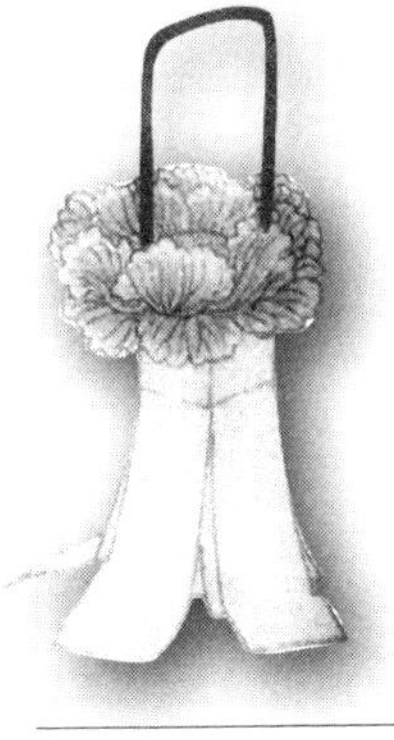

※江戸時代、牡丹灯籠は狂歌の題材にも選ばれた。上に掲げたのは、天保元年（一八三〇）刊行の狂歌集『狂歌百鬼夜興』（吉田幸一・倉島須美子編、古典文庫六六二）より。

百物語の形式で百種の化物（怪異）を狂歌に詠む趣向は、文政三年（一八二〇）に蔦屋重三郎が刊行した『狂歌百鬼夜狂』文政三年（一八二〇）が有名。『狂歌百鬼夜興』も京都の版元都文園が「大江戸にてありしとかきくなる百鬼夜行の歌のつどひこそいとをかしからめと思ひて」、『狂歌百鬼夜狂』にならって企画したもの。

執筆者紹介

横山泰子（よこやま やすこ）　第一章

1965年東京都生まれ。国際基督教大学教養学部卒、同大学大学院比較文化研究科博士後期課程修了。法政大学教授。主な著書に『江戸東京の怪談文化の成立と変遷』（風間書房）、『妖怪手品の時代』（青弓社）など。

門脇　大（かどわき だい）　第三章（解説・現代語訳）

1982年島根県生まれ。神戸大学大学院人文学研究科博士課程修了。専攻は日本近世文学。神戸星城高等学校ほか非常勤講師。論文に、「怪火の究明——人魂・火の化物」（堤邦彦・鈴木堅弘編『俗化する宗教表象と明治時代　縁起・絵伝・怪異』三弥井書店）などがある。

今井秀和（いまい ひでかず）　第五章

1979年東京都生まれ。大東文化大学大学院文学研究科博士課程修了。博士（文学）。専門は日本近世文学、民俗学、比較文化論。大東文化大学非常勤講師、蓮花寺佛教研究所研究員。主な著書に『怪異を歩く』（共著、青弓社）など。

斎藤　喬（さいとう たかし）　第六章（解説）、第七章

1979年新潟県生まれ。東北大学大学院文学研究科博士課程後期三年の課程退学後学位取得。博士（文学）。専門は宗教学、表象文化論、ホラー研究。南山宗教文化研究所非常勤研究員。主な論文に「悪因縁と恋心（1）——三遊亭圓朝口演『怪談牡丹燈籠』にみる生娘の契り」（『東北宗教学』第1号）、O-Iwa's Curse: Apparitions and their After-Effects in the *Yotsuya kaidan* (*Bulletin of the Nanzan Institute for Religion and Culture* 42) など。

広坂朋信（ひろさか とものぶ）　第四章、第八章（解説）

1963年東京都生まれ。東洋大学文学部卒。編集者・ライター。主な著書に『東京怪談ディテクション』（希林館・現在絶版）、『怪異を歩く』（共著、青弓社）など。

〈江戸《えど》怪談《かいだん》を読《よ》む〉

牡丹灯籠《ぼたんどうろう》

2018年7月25日　第一版第一刷発行

著　者　横山泰子・門脇 大・今井秀和・斎藤 喬・広坂朋信

発行者　吉田朋子

発　行　有限会社 白澤社《はくたくしゃ》
〒112-0014　東京都文京区関口1-29-6　松崎ビル2F
電話 03-5155-2615／FAX03-5155-2616／E-mail：hakutaku@nifty.com

発　売　株式会社 現代書館
〒102-0072　東京都千代田区飯田橋3-2-5
電話　03-3221-1321㈹／FAX　03-3262-5906

装　幀　装丁屋 KICHIBE
印　刷　モリモト印刷株式会社
用　紙　株式会社市瀬
製　本　鶴亀製本株式会社

ISBN978-4-7684-7972-8